雅典文化

雅典韓研所 企編

韓語單字萬用小抄一本就GO

한국어 단어장, 이 책 하나면 충분 !

背單字，你用對方法了嗎？

標注漢字及外來語

如果可以配合英文或漢字一起學習，是不是可以事半功倍呢？

幫助記憶

韓語生活單字，很難記嗎？
你知道大部分的韓文字念起來很像中文嗎？
本書專為初學者設計，網羅生活中必備的單字，也搭配羅馬簡易拼音輔助發音，

同時收錄了初學者最想學的動詞變化及生活韓語短句，

不論是你想找的單字，
還是想說的話，通通都在這一本!!

韓文字是由基本母音、基本子音、複合母音、氣音和硬音所構成。

其組合方式有以下幾種：

1.子音加母音，例如：저(我)
2.子音加母音加子音，例如：밤（夜晚）
3.子音加複合母音，例如：위（上）
4.子音加複合母音加子音，例如：관（官）
5.一個子音加母音加兩個子音，如：값（價錢）

簡易拼音使用方式：

1. 為了讓讀者更容易學習發音，本書特別使用「簡易拼音」來取代一般的羅馬拼音。
   規則如下，
   例如：
   그러면 우리 집에서 저녁을 먹자.
   geu.reo.myeon/u.ri/ji.be.seo/jeo.nyeo.geul/meok.jja
   ----------普遍拼音
   geu.ro*.myo*n/u.ri/ji.be.so*/jo*.nyo*.geul/mo*k.jja
   ------------簡易拼音
   那麼，我們在家裡吃晚餐吧！

   文字之間的空格以「/」做區隔。
   不同的句子之間以「//」做區隔。

基本母音：

Track 002

	韓國拼音	簡易拼音	注音符號
ㅏ	a	a	ㄚ
ㅑ	ya	ya	ㄧㄚ
ㅓ	eo	o*	ㄛ
ㅕ	yeo	yo*	ㄧㄛ
ㅗ	o	o	ㄡ
ㅛ	yo	yo	ㄧㄡ
ㅜ	u	u	ㄨ
ㅠ	yu	yu	ㄧㄨ
ㅡ	eu	eu	(ㄜ)
ㅣ	i	i	ㄧ

特別提示：

1. 韓語母音「ㅡ」的發音和「ㄜ」發音有差異，但嘴型要拉開，牙齒快要咬住的狀態，才發得準。
2. 韓語母音「ㅓ」的嘴型比「ㅗ」還要大，整個嘴巴要張開成「大O」的形狀，
「ㅗ」的嘴型則較小，整個嘴巴縮小到只有「小o」的嘴型，類似注音「ㄡ」。
3. 韓語母音「ㅕ」的嘴型比「ㅛ」還要大，整個嘴巴要張開成「大O」的形狀，
類似注音「ㄧㄛ」，「ㅛ」的嘴型則較小，整個嘴巴縮小到只有「小o」的嘴型，類似注音「ㄧㄡ」。

基本子音：

Track 003

	韓國拼音	簡易拼音	注音符號
ㄱ	g,k	k	ㄎ
ㄴ	n	n	ㄋ
ㄷ	d,t	d,t	ㄊ
ㄹ	r,l	l	ㄌ
ㅁ	m	m	ㄇ
ㅂ	b,p	p	ㄆ
ㅅ	s	s	ㄙ,(ㄒ)
ㅇ	ng	ng	不發音
ㅈ	j	j	ㄗ
ㅊ	ch	ch	ㄘ

特別提示：

1. 韓語子音「ㅅ」有時讀作「ㄙ」的音，有時則讀作「ㄒ」的音。「ㄒ」音是跟母音「ㅣ」搭在一塊時，才會出現。
2. 韓語子音「ㅇ」放在前面或上面不發音；放在下面則讀作「ng」的音，像是用鼻音發「嗯」的音。
3. 韓語子音「ㅈ」的發音和注音「ㄗ」類似，但是發音的時候更輕，氣更弱一些。

氣音：

Track 004

	韓國拼音	簡易拼音	注音符號
ㅋ	k	k	ㄎ
ㅌ	t	t	ㄊ
ㅍ	p	p	ㄆ
ㅎ	h	h	ㄏ

特別提示:

1. 韓語子音「ㅋ」比「ㄱ」的較重，有用到喉頭的音，音調類似國語的四聲。
   ㅋ＝ㄱ＋ㅎ
2. 韓語子音「ㅌ」比「ㄷ」的較重，有用到喉頭的音，音調類似國語的四聲。
   ㅌ＝ㄷ＋ㅎ
3. 韓語子音「ㅍ」比「ㅂ」的較重，有用到喉頭的音，音調類似國語的四聲。
   ㅍ＝ㅂ＋ㅎ

複合母音：

Track 005

	韓國拼音	簡易拼音	注音符號
ㅐ	ae	e*	ㄝ
ㅒ	yae	ye*	ㄧㄝ
ㅔ	e	e	ㄟ
ㅖ	ye	ye	ㄧㄟ
ㅘ	wa	wa	ㄨㄚ
ㅙ	wae	we*	ㄨㄝ
ㅚ	oe	we	ㄨㄟ
ㅞ	we	we	ㄨㄟ
ㅝ	wo	wo	ㄨㄛ
ㅟ	wi	wi	ㄨㄧ
ㅢ	ui	ui	ㄜㄧ

特別提示：

1. 韓語母音「ㅐ」比「ㅔ」的嘴型大，舌頭的位置比較下面，發音類似「ae」；「ㅔ」的嘴型較小，舌頭的位置在中間，發音類似「e」。不過一般韓國人讀這兩個發音都很像。
2 .韓語母音「ㅒ」比「ㅖ」的嘴型大，舌頭的位置比較下面，發音類似「yae」；「ㅖ」的嘴型較小，舌頭的位置在中間，發音類似「ye」。不過很多韓國人讀這兩個發音都很像。
3. 韓語母音「ㅚ」和「ㅞ」比「ㅙ」的嘴型小些，「ㅙ」的嘴型是圓的；「ㅚ」、「ㅞ」則是一樣的發音。不過很多韓國人讀這三個發音都很像，都是發類似「we」的音。

硬音：

Track 006

	韓國拼音	簡易拼音	注音符號
ㄲ	kk	g	ㄍ
ㄸ	tt	d	ㄉ
ㅃ	pp	b	ㄅ
ㅆ	ss	ss	ㄙ
ㅉ	jj	jj	ㄗ

特別提示：

1. 韓語子音「ㅆ」比「ㅅ」用喉嚨發重音，音調類似國語的四聲。
2. 韓語子音「ㅉ」比「ㅈ」用喉嚨發重音，音調類似國語的四聲。

*表示嘴型比較大

第一章　식당에서　在餐館

第二章　집에서　在家裡

第三章 슈퍼마켓에서 在超市

第四章 시내에서 在市區

第五章 시외에서 在郊區

第六章 기타 其他

식당에서 在餐館

CHAPTER 1

應用動詞1

Track 007

먹다 吃	【發音】먹따
mo*k.da	【敬語】드시다

基本變化

格式體敍述句 먹습니다.	
非格式體敍述句 먹어요.	
過去式 먹었어요.	未來式 먹을 거예요.
命令句 먹으세요.	勸誘句 먹읍시다.

例句

저녁에 뭐 먹을 거예요?
jo*.nyo*.ge/mwo/mo*.geul/go*.ye.yo
晚上你要吃什麼？

밥 먹을 시간이에요.
bap/mo*.geul/ssi.ga.ni.e.yo
該吃飯了。

왜 안 먹어요?
we*/an/mo*.go*.yo
你為什麼不吃？

점심 같이 먹을까요?
jo*m.sim/ga.chi/mo*.geul.ga.yo
要不要一起吃午餐？

불고기를 먹읍시다.
bul.go.gi.reul/mo*.geup.ssi.da
我們吃烤肉吧。

應用動詞2

Track 008

마시다 喝	【發音】마시다
ma.si.da	【敬語】드시다

格式體敘述句 마십니다.	
非格式體敘述句 마셔요.	
過去式 마셨어요.	未來式 마실 거예요.
命令句 마시세요.	勸誘句 마십시다.

例句

술을 안 마십니다.
su.reul/an/ma.sim.ni.da
不喝酒。

뭘 마실 거예요?
mwol/ma.sil/go*.ye.yo
你要喝什麼？

아침에 커피 마셔요?
a.chi.me/ko*.pi/ma.syo*.yo
你早上喝咖啡嗎？

물 자주 마시세요.
mul/ja.ju/ma.si.se.yo
請多喝水。

콜라를 마십시다.
kol.la.reul/ma.sip.ssi.da
我們喝可樂吧。

應用動詞3

Track 009

주문하다 點餐、訂貨	【發音】주문하다
ju.mun.ha.da	【漢字】注文--

格式體敘述句 주문합니다.	
非格式體敘述句 주문해요.	
過去式 주문했어요.	未來式 주문할 거예요.
命令句 주문하세요.	勸誘句 주문합시다.

맛있는 요리를 주문하세요.
ma.sin.neun/yo.ri.reul/jju.mun.ha.se.yo
請點好吃的菜。

메뉴를 보고 음식을 주문합시다.
me.nyu.reul/bo.go/eum.si.geul/jju.mun.hap.ssi.da
我們看菜單點菜吧。

피자를 주문할 거예요.
pi.ja.reul/jju.mun.hal/go*.ye.yo
我要訂披薩。

내일 바로 주문할 겁니다.
ne*.il/ba.ro/ju.mun.hal/go*m.ni.da
明天會立即訂貨。

이미 주문했어요. 빨리 보내주세요.
i.mi/ju.mun.he*.sso*.yo//bal.li/bo.ne*.ju.se.yo
已經訂貨了，請趕快寄出。

應用動詞4

Track 010

시키다 點(菜)	【發音】시키다
si.ki.da	【同義】주문하다

基本變化

格式體敍述句	시킵니다.		
非格式體敍述句	시켜요.		
過去式	시켰어요.	未來式	시킬 거예요.
命令句	시키세요.	勸誘句	시킵시다.

例句

무엇을 시킬까요?
mu.o*.seul/ssi.kil.ga.yo
要點什麼菜？

꼭 된장찌개를 시키세요.
gok/dwen.jang.jji.ge*.reul/ssi.ki.se.yo
請務必要點大醬鍋。

우동을 시켰어요.
u.dong.eul/ssi.kyo*.sso*.yo
我點了烏龍麵。

저도 짜장면을 시킬 거예요.
jo*.do/jja.jang.myo*.neul/ssi.kil/go*.ye.yo
我也要點炸醬麵。

김치 만두를 시킵시다.
gim.chi/man.du.reul/ssi.kip.ssi.da
我們點泡菜水餃吧。

應用動詞5

Track 011

한턱내다 請客	【發音】한텅내다
han.to*ng.ne*.da	【類義】대접하다

基本變化

格式體敘述句 한턱냅니다.	
非格式體敘述句 한턱내요.	
過去式 한턱냈어요.	未來式 한턱낼 거예요.
命令句 한턱내세요.	勸誘句 한턱냅시다.

例句

오늘 제가 한턱 낼게요.

o.neul/jje.ga/han.to*k/ne*l.ge.yo

今天我請客。

승진했으니까 한턱내세요.

seung.jin.he*.sseu.ni.ga/han.to*ng.ne*.se.yo

你升官了要請客。

취직하면 한턱 낼게요.

chwi.ji.ka.myo*n/han.to*k/ne*l.ge.yo

我就業的話，就請吃飯。

다음에 누가 한턱낼 거예요?

da.eu.me/nu.ga/han.to*ng.ne*l/go*.ye.yo

下次誰要請客？

어제 후배들한테 한턱냈어요.

o*.je/hu.be*.deul.han.te/han.to*ng.ne*.sso*.yo

昨天我請後輩們吃飯了。

應用動詞6

Track 012

식사하다　用餐、吃飯	【發音】식싸하다
sik.ssa.ha.da	【漢字】食事--

格式體敍述句　식사합니다.	
非格式體敍述句　식사해요.	
過去式　식사했어요.	未來式　식사할 거예요.
命令句　식사하세요.	勸誘句　식사합시다.

식사하셨습니까?

sik.ssa.ha.syo*t.sseum.ni.ga

你用餐了嗎？

퇴근 후에 같이 식사할까요?

twe.geun/hu.e/ga.chi/sik.ssa.hal.ga.yo

下班後要不要一起用餐？

먼저 식사하세요.

mo*n.jo*/sik.ssa.ha.se.yo

您先用餐。

다음에 또 같이 식사해요.

da.eu.me/do/ga.chi/sik.ssa.he*.yo

下次再一起吃飯吧。

외국 친구하고 식사해요.

we.guk/chin.gu.ha.go/sik.ssa.he*.yo

和國外朋友一起吃飯。

餐館用餐

Track 013

메뉴판 me.nyu.pan

菜單 【外漢】menu板

종업원 jong.o*.bwon

餐廳服務生 【漢字】從業員

팁 tip

小費 【外來語】tip

계산서 gye.san.so*

帳單 【漢字】計算書

서비스료 so*.bi.seu.ryo

服務費 【外漢】service料

만원 ma.nwon

客滿 【漢字】滿員

디저트 di.jo*.teu

飯後甜點 【外來語】dessert

반찬 ban.chan

配菜、小菜 【漢字】飯饌

식권 sik.gwon

餐券 【漢字】食券

餐桌

식탁 sik.tak

餐桌 【漢字】食卓

식탁보 sik.tak.bo

餐桌布 【漢字】食卓褓

조미료 jo.mi.ryo

調味料 【漢字】調味料

소스 so.seu

醬料 【外來語】sauce

컵 ko*p

杯子 【外來語】cup

젓가락 jo*t.ga.rak

筷子

숟가락 sut.ga.rak

湯匙

포크 po.keu

叉子 【外來語】fork

칼 kal

刀

접시 jo*p.ssi

盤子

그릇 geu.reut

器皿、碗盤

이쑤시개 i.ssu.si.ge*

牙籤

냅킨 ne*p.kin

餐巾 【外來語】napkin

물병 mul.byo*ng

水瓶 【漢字】-瓶

餐飲店

Track 015

식당 sik.dang

餐館 【漢字】食堂

음식점 eum.sik.jjo*m

餐飲店 【漢字】飲食店

레스토랑 re.seu.to.rang

西餐廳 【外來語】restaurant

한식집 han.sik.jjip

韓式料理店 【漢字】韓食-

일식집 il.sik.jjip

日式料理店 【漢字】日食-

중국집 jung.guk.jjip

中式料理店 【漢字】中國-

분식집 bun.sik.jjip

麵店 【漢字】粉食-

커피숍 keo.pi.syop

咖啡廳 【外來語】coffee shop

뷔페 bwi.pe

自助餐 【外來語】buffet

패스트푸드점 pe*.seu.teu.pu.deu.jo*m

速食店 【外來語】fast food

빵집 bang.jip

麵包店

케이크점 ke.i.keu.jo*m

蛋糕店、糕點店 【外來語】cake店

피자점 pi.ja.jo*m

披薩店 【外來語】pizza店

식품점 sik.pum.jo*m

食品店 【漢字】食品店

知名連鎖店

스타벅스 seu.ta.bo*k.sseu

星巴克(STARBUCKS)

맥도널드 me*k.do.no*l.deu

麥當勞(McDonald's)

버거킹 bo*.go*.king

漢堡王(Burger King)

하겐다즈 ha.gen.da.jeu

哈根達斯(Häagen-Dazs)

도미노피자 do.mi.no.pi.ja

達美樂披薩(Domino's Pizza)

피자헛 pi.ja.ho*t

必勝客(Pizza Hut)

훼미리마트 hwe.mi.ri.ma.teu

全家便利超商(Family Mart)

세븐일레븐 se.beu.nil.le.beun

7-ELEVEN

미스터도넛 mi.seu.to*.do.no*t

Mister Donut

던킨도너츠 do*n.kin.do.no*.cheu

DUNKIN' DONUTS

콜드스톤 kol.deu.seu.ton

酷聖石冰淇淋(COLD STONE)

GS왓슨스 GS.wat.sseun.seu

屈臣氏(Watsons)

料理種類

중화요리 jung.hwa.yo.ri

中華料理 【漢字】中華料理

채식요리 che*.si.gyo.ri

素食料理 【漢字】菜食料理

해산물요리 he*.san.mul.yo.ri

海鮮料理 【漢字】海產物料理

일식요리 il.si.gyo.ri

日式料理 【漢字】日食料理

중식요리 jung.si.gyo.ri

中式料理 【漢字】中食料理

한식요리 han.si.gyo.ri

韓式料理 【漢字】韓食料理

프랑스요리 peu.rang.seu yo.ri

法國料理 【外漢】France料理

韓國料理

한정식 han.jo*ng.sik

韓定食 【漢字】韓定食

돌솥비빔밥 dol.sot.bi.bim.bap

石鍋拌飯

떡볶이 do*k.bo.gi

辣炒年糕

순두부찌개 sun.du.bu/jji.ge*

嫩豆腐鍋 【漢字】-豆腐--

김치찌개 gim.chi.jji.ge*

泡菜鍋

삼계탕 sam.gye.tang

蔘雞湯 【漢字】蔘雞湯

불고기 bul.go.gi

烤肉

김치볶음밥 gim.chi.bo.geum.bap

泡菜炒飯

부대찌개 bu.de*.jji.ge*

部隊鍋 【漢字】部隊--

매운탕 me*.un.tang

辣魚湯 【漢字】--湯

갈비탕 gal.bi.tang

排骨湯 【漢字】--湯

설렁탕 so*l.lo*ng.tang

牛骨湯 【漢字】--湯

해물탕 he*.mul.tang

辣海鮮湯 【漢字】海物湯

곰탕 gom.tang

牛肉湯 【漢字】-湯

해장국 he*.jang.guk

醒酒湯 【漢字】解酲-

갈비찜 gal.bi.jjim

燉排骨

보쌈 bo.ssam

菜包白切肉 【漢字】褓-

순대 sun.de*

米血腸

칼국수 kal.guk.ssu

刀切麵

떡국 do*k.guk

年糕湯

수제비 su.je.bi

麵片湯

만두 man.du

水餃 【漢字】饅頭

왕만두 wang.man.du

包子 【漢字】王饅頭

비빔냉면 bi.bim.ne*ng.myo*n

涼拌冷麵 【漢字】--冷麵

파전 pa.jo*n

蔥餅 【漢字】-煎

김치 gim.chi

泡菜

라면 ra.myo*n

泡麵

日本料理

초밥 cho.bap

壽司 【漢字】醋-

생선회 se*ng.so*n.hwe

生魚片 【漢字】生鮮膾

라멘 ra.men

日式拉麵

샤부샤부 sya.bu.sya.bu

涮涮鍋

돈까스 don.ga.seu

炸豬排飯

오므라이스 o.meu.ra.i.seu

蛋包飯 【外來語】omelette rice

텐푸라 ten.pu.ra

天婦羅

西式料理

스테이크 seu.te.i.keu

牛排 【外來語】steak

스파게티 seu.pa.ge.ti

義大利麵 【外來語】spaghetti

샐러드 se*l.lo*.deu

生菜沙拉 【外來語】salad

수프 su.peu

湯品 【外來語】soup

速食

햄버거 he*m.bo*.go*

漢堡 【外來語】hamburger

프렌치프라이 peu.ren.chi.peu.ra.i

炸薯條 【外來語】French fry

핫도그 hat.do.geu

熱狗 【外來語】hot dog

피자 pi.ja

披薩 【外來語】pizza

치킨 chi.kin

炸雞 【外來語】chicken

샌드위치 se*n.deu.wi.chi

三明治 【外來語】sandwich

飯後甜點

푸딩 pu.ding

布丁 【外來語】pudding

젤리 jel.li

果凍 【外來語】jelly

판나코타 pan.na.ko.ta

奶酪 【外來語】Panna cotta

아이스크림 a.i.seu.keu.rim

冰淇淋 【外來語】ice cream

아이스바 a.i.seu.ba

冰棒 【外來語】ice bar

무스케이크 mu.seu.ke.i.keu

慕斯蛋糕 【外來語】mousse cake

치즈케이크 chi.jeu.ke.i.keu

起司蛋糕 【外來語】cheese cake

와플 wa.peul

鬆餅 【外來語】waffle

크레이프 keu.re.i.peu

可麗餅 【外來語】crepe

풀빵 pul.bang

紅豆燒(鯛魚燒)

飲品

끓인 물 geu.rin/mul

熱水

밀크쉐이크 mil.keu.swe.i.keu

奶昔 【外來語】milk shake

핫코코아 hat.ko.ko.a

熱可可 【外來語】hot cocoa

커피우유 ko*.pi.u.yu

咖啡牛奶 【外漢】coffee牛乳

아이스커피 a.i.seu.ko*.pi

冰咖啡 【外來語】ice coffee

카페라테 ka.pe.ra.te

咖啡拿鐵 【外來語】caffe latte

카푸치노 ka.pu.chi.no

卡布其諾 【外來語】cappuccino

블랙커피 beul.le*k.ko*.pi

黑咖啡 【外來語】black coffee

녹차 nok.cha

綠茶 【漢字】綠茶

홍차 hong.cha

紅茶 【漢字】紅茶

우롱차 u.rong.cha

烏龍茶 【漢字】烏龍茶

아삼홍차 a.sam.hong.cha

阿薩姆紅茶 【外漢】Assam紅茶

레몬차 re.mon.cha

檸檬茶 【外漢】lemon茶

쟈스민차 jya.seu.min.cha

茉莉花茶 【外漢】jasmine茶

종합주스 jong.hap.ju.seu

綜合果汁 【漢外】綜合juice

오렌지주스 o.ren.ji.ju.seu

柳橙汁 【外來語】orange juice

포도주스 po.do.ju.seu

葡萄汁 【漢外】葡萄juice

수박주스 su.bak.ju.seu

西瓜汁 【外來語】--juice

碳酸飲料

콜라 kol.la

可樂 【外來語】cola

사이다 sa.i.da

汽水 【外來語】cider

환타 hwan.ta

芬達 【外來語】Fanta

펩시콜라 pep.ssi.kol.la

百事可樂 【外來語】Pepsi-Cola

스프라이트 seu.peu.ra.i.teu

雪碧 【外來語】Sprite

味道

맛있다 ma.sit.da

好吃

맛없다 ma.do*p.da

難吃

맵다 me*p.da

辣

달다 dal.da

甜

짜다 jja.da

鹹

쓰다 sseu.da

苦

시다 si.da

酸

싱겁다 sing.go*p.da

清淡

신선하다 sin.so*n.ha.da

新鮮 【漢字】新鮮--

느끼하다 neu.gi.ha.da

油膩

비리다 bi.ri.da

腥

【會話例句】説明味道

Track 026

완전 맛있어요.

wan.jo*n/ma.si.sso*.yo

超好吃。

별로 맛없어요.

byo*l.lo/ma.do*p.sso*.yo

不怎麼好吃。

너무 매워요. 물 좀 주세요.

no*.mu/me*.wo.yo//mul/jom/ju.se.yo

太辣了，給我水。

단 것을 좋아해요.

dan/go*.seul/jjo.a.he*.yo

我喜歡甜食。

좀 짜지만 맛있어요.

jom/jja.ji.man/ma.si.sso*.yo

有點鹹，但很好吃。

맛이 좀 쓰네요.

ma.si/jom/sseu.ne.yo

味道有點苦。

재료가 신선해서 맛있어요.

je*.ryo.ga/sin.so*n.he*.so*/ma.si.sso*.yo

食材新鮮，很好吃。

【會話例句】點餐

Track 027

A：주문하시겠습니까?

ju.mun.ha.si.get.sseum.ni.ga

您要點餐了嗎？

B：김치찌개 하나 주세요.

gim.chi.jji.ge*/ha.na/ju.se.yo

請給我一份泡菜鍋。

어떤 것을 추천하세요?

o*.do*n/go*.seul/chu.cho*n.ha.se.yo

您推薦吃什麼？

이 음식은 무엇입니까?

i/eum.si.geun/mu.o*.sim.ni.ga

這道菜是什麼？

저는 불고기비빔밥으로 하겠습니다.

jo*.neun/bul.go.gi.bi.bim.ba.beu.ro/ha.get.sseum.ni.da

我要點烤肉拌飯。

저는 이것으로 하겠습니다.

jo*.neun/i.go*.seu.ro/ha.get.sseum.ni.da

我要點這個。

삼겹살 이인분을 부탁합니다.

sam.gyo*p.ssal/i.in.bu.neul/bu.ta.kam.ni.da

麻煩給我兩人份的五花肉。

그걸로 하겠습니다.

geu.go*l.lo/ha.get.sseum.ni.da

我要點那個。

저는 채식주의자입니다.
jo*.neun/che*.sik.jju.ui.ja.im.ni.da
我吃素。

메뉴를 다시 한번 보여 주시겠습니까?
me.nyu.reul/da.si/han.bo*n/bo.yo*/ju.si.get.sseum.ni.ga
菜單可以再給我看一下嗎？

이건 제가 주문한 것이 아닙니다.
me.nyu.reul/da.si/han.bo*n/bo.yo*/ju.si.get.sseum.ni.ga
這個不是我點的。

주문한 음식이 아직 안 나왔는데요.
ju.mun.han/eum.si.gi/a.jik/an/na.wan.neun.de.yo
我點的菜還沒送上來耶！

어느 정도 기다려야 되나요?
o*.neu/jo*ng.do/gi.da.ryo*.ya/dwe.na.yo
要等多久呢？

파를 넣지 마세요.
pa.reul/no*.chi/ma.se.yo
請不要放蔥。

너무 맵지 않게 해 주세요.
no*.mu/me*p.jji/an.ke/he*/ju.se.yo
請不要煮得太辣。

【會話例句】咖啡廳

Track 029

A：마실 것은 뭘로 하시겠습니까?

ma.sil/go*.seun/mwol.lo/ha.si.get.sseum.ni.ga

您的飲料要喝什麼？

B：아이스커피 한 잔 주세요.

a.i.seu.ko*.pi/han/jan/ju.se.yo

請給我一杯冰咖啡。

핫코코아로 주세요.

hat.ko.ko.a.ro/ju.se.yo

請給我熱可可。

물 좀 주시겠어요?

mul/jom/ju.si.ge.sso*.yo

可以給我一杯水嗎？

설탕을 넣지 마세요.

so*l.tang.eul/no*.chi/ma.se.yo

請不要加糖。

카푸치노 큰 컵 한 잔 주세요.

ka.pu.chi.no/keun/ko*p/han/jan/ju.se.yo

給我一杯大杯的卡布奇諾。

달게 해 주세요.

dal.ge/he*/ju.se.yo

請幫我弄甜一點。

치즈케이크로 주세요.

chi.jeu.ke.i.keu.ro/ju.se.yo

請給我起司蛋糕。

【會話例句】速食店

Track 030

A：여기서 드실 건가요, 포장해 드릴까요?

yo*.gi.so*/deu.sil/go*n.ga.yo//po.jang.he*/deu.ril.ga.yo

您要在這裡吃，還是打包帶走？

B：여기서 먹을 겁니다.

yo*.gi.so*/mo*.geul/go*m.ni.da

我要在這裡吃。

소고기 버거 한 개 주세요.

so.go.gi/bo*.go*/han/ge*/ju.se.yo

請給我一個牛肉漢堡。

3번 메뉴 주세요.

sam.bo*n/me.nyu/ju.se.yo

請給我三號餐。

케찹 좀 주실 수 있나요?

ke.chap/jom/ju.sil/su/in.na.yo

可以給我番茄醬嗎？

큰 거, 중간, 작은 사이즈, 어떤 사이즈로 드릴까요?

keun/go*/jung.gan/ja.geun/sa.i.jeu/o*.do*n/sa.i.jeu.ro/deu.ril.ga.yo

大中小，你要哪種份量？

중간 사이즈로 주세요.

jung.gan/sa.i.jeu.ro/ju.se.yo

請給我中等份量。

單字萬用小抄**一本就GO**

집에서 在家裡

CHAPTER 2

應用動詞1

Track 031

요리하다 作菜、料理	【漢字】料理--
yo.ri.ha.da	【同義】음식을 만들다

格式體敘述句	요리합니다.		
非格式體敘述句	요리해요.		
過去式	요리했어요.	未來式	요리할 거예요.
命令句	요리하세요.	勸誘句	요리합시다.

例句

요리하는 법 좀 알려 주세요.
yo.ri.ha.neun/bo*p/jom/al.lyo*/ju.se.yo
請告訴我料理的方法。

파와 마늘을 넣고 요리하세요.
pa.wa/ma.neu.reul/no*.ko/yo.ri.ha.se.yo
請加入蔥、蒜來料理。

오늘은 김치볶음밥을 요리했어요.
o.neu.reun/gim.chi.bo.geum.ba.beul/yo.ri.he*.sso*.yo
今天我做了泡菜炒飯。

스파게티를 요리합시다.
seu.pa.ge.ti.reul/yo.ri.hap.ssi.da
一起煮義大利麵吧。

집에서 누가 음식을 만들어요?
ji.be.so*/nu.ga/eum.si.geul/man.deu.ro*.yo
家裡是誰在作飯呢？

應用動詞2

Track 032

청소하다 打掃	【漢字】淸掃--
cho*ng.so.ha.da	【類義】집안일을 하다

基本變化

格式體敍述句 청소합니다.	
非格式體敍述句 청소해요.	
過去式 청소했어요.	未來式 청소할 거예요.
命令句 청소하세요.	勸誘句 청소합시다.

例句

주말에 집에서 청소했어요.
ju.ma.re/ji.be.so*/cho*ng.so.he*.sso*.yo
週末在家裡打掃了。

언제 청소할 거예요?
o*n.je/cho*ng.so.hal/go*.ye.yo
什麼時候打掃呢？

같이 방을 깨끗하게 청소합시다.
ga.chi/bang.eul/ge*.geu.ta.ge/cho*ng.so.hap.ssi.da
我們一起把房間打掃乾淨吧。

청소기로 청소합니다.
cho*ng.so.gi.ro/cho*ng.so.ham.ni.da
用吸塵器打掃。

보통 어머니가 집안일을 하십니다.
bo.tong/o*.mo*.ni.ga/ji.ba.ni.reul/ha.sim.ni.da
一般是媽媽做家事。

應用動詞3

Track 033

일어나다 起床、起來	【發音】이러나다
i.ro*.na.da	【反義】자다

基本變化

格式體敍述句 일어납니다.	
非格式體敍述句 일어나요.	
過去式 일어났어요.	未來式 일어날 거예요.
命令句 일어나세요.	勸誘句 일어납시다.

例句

자지 말고 어서 일어나요!

ja.ji/mal.go/o*.so*/i.ro*.na.yo

不要睡了，快點起床。

빨리 일어나세요.

bal.li/i.ro*.na.se.yo

快點起床。

이제 다시 일어납시다.

i.je/da.si/i.ro*.nap.ssi.da

現在我們再次站起來吧。

오늘 해야 할 일이 많아서 일찍 일어났어요.

o.neul/he*.ya/hal/i.ri/ma.na.so*/il.jjik/i.ro*.na.sso*.yo

今天要做得事情很多，所以早點起床了。

벌써 일어나셨어요?

bo*l.sso*/i.ro*.na.syo*.sso*.yo

您已經起床了啊？

應用動詞4

Track 034

자다 睡覺	【敬語】주무시다
ja.da	【同義】잠을 자다

格式體敘述句 잡니다.	
非格式體敘述句 자요.	
過去式 잤어요.	未來式 잘 거예요.
命令句 자세요.	勸誘句 잡시다.

피곤해서 먼저 잘게요.

pi.gon.he*.so*/mo*n.jo*/jal.ge.yo

我累了先去睡了。

동생은 지금 자고 있어요.

dong.se*ng.eun/ji.geum/ja.go/i.sso*.yo

弟弟現在在睡覺。

어제 두 시간밖에 못 잤어요.

o*.je/du/si.gan.ba.ge/mot/ja.sso*.yo

昨天我只睡兩個小時。

일찍 주무세요.

il.jjik/ju.mu.se.yo

請早點睡覺。

안녕히 주무셨습니까?

an.nyo*ng.hi/ju.mu.syo*t.sseum.ni.ga

早安！

烹調方式

Track 035

밥하다 ba.pa.da

煮飯、做菜

삶다 sam.da

煮

볶다 bok.da

炒

튀기다 twi.gi.da

炸

지지다 ji.ji.da

煎

굽다 gup.da

烤

찌다 jji.da

蒸

비비다 bi.bi.da

涼拌

끓이다 geu.ri.da

燒、煮

절이다 jo*.ri.da

腌

섞다 so*k.da

攪拌

다지다 da.ji.da

切碎

벗기다 bo*t.gi.da

剝(皮)

씻다 ssit.da

清洗

썰다 ssit.da

切

빚다 bit.da

包、揉

一日三餐

아침식사 a.chim.sik.ssa

早餐 【漢字】--食事

점심식사 jo*m.sim.sik.ssa

午餐 【漢字】點心食事

저녁식사 jo*.nyo*k.ssik.ssa

晚餐 【漢字】--食事

아침을 먹다 a.chi.meul/mo*k.da

吃早餐

점심을 먹다 jo*m.si.meul/mo*k.da

吃午餐

저녁을 먹다 jo*.nyo*.geul/mo*k.da

吃晚餐

세 끼니 se/gi.ni

三餐

분식 bun.sik

麵食 【漢字】粉食

주식 ju.sik

主食 【漢字】主食

부식 bu.sik

副食

야식 ya.sik

消夜 【漢字】夜食

家事

빨래하다 bal.le*.ha.da

洗衣服

세탁하다 se.ta.ka.da

洗衣服 【漢字】洗濯--

설거지하다 so*l.go*.ji.ha.da

洗碗

정리하다 jo*ng.ni.ha.da

整理 【漢字】整理--

다림질하다 da.rim.jil.ha.da

熨(衣服)

음식을 만들다 eum.si.geul/man.deul.da

下廚、做飯

빨래를 널다 bal.le*.reul/no*l.da

晾衣服

빨래를 걷다 bal.le*.reul/go*t.da

收衣服

마루를 닦다 ma.ru.reul/dak.da

擦地板

방을 치우다 bang.eul/chi.u.da

收拾房間

바닥을 쓸다 ba.da.geul/sseul.da

掃地

책상을 닦다 che*k.ssang.eul/dak.da

擦桌子

쓰레기를 버리다 sseu.re.gi.reul/bo*.ri.da

丟垃圾

日常生活

세수하다 se.su.ha.da

洗臉 **【漢字】洗手--**

양치질하다 yang.chi.jil.ha.da

刷牙、漱口

샤워하다 sya.wo.ha.da

洗澡 【外來語】shower--

옷을 갈아입다 o.seul/ga.ra.ip.da

換衣服

텔레비전을 보다 tel.le.bi.jo*.neul/bo.da

看電視

인터넷을 하다 in.to*.ne.seul/ha.da

上網

게임을 하다 ge.i.meul/ha.da

玩遊戲

숙제를 하다 suk.jje.reul/ha.da

寫作業

공부하다 gong.bu.ha.da

讀書

잠을 자다 ja.meul/jja.da

睡覺

불을 켜다 bu.reul/kyo*.da

開燈

불을 끄다 bu.reul/geu.da

關燈

문을 열다 mu.neul/yo*l.da

開門

문을 닫다 mu.neul/dat.da

關門

客廳

소파 so.pa

沙發 【外來語】sofa

유리장

玻璃櫃 【漢字】琉璃欌

텔레비전 tel.le.bi.jo*n

電視機 【外來語】television

리모컨 ri.mo.ko*n

遙控器 【外來語】remote control

선풍기 so*n.pung.gi

電扇 【漢字】扇風機

전화기 jo*n.hwa.gi

電話 【漢字】電話機

房間

침실 chim.sil

寢室 【漢字】寢室

침대 chim.de*

床 【漢字】寢臺

싱글침대 sing.geul.chim.de*

單人床 【外漢】single寢臺

더블침대 do*.beul.chim.de*

雙人床 【外漢】double寢臺

이층침대 i.cheung.chim.de*

上下鋪 【漢字】二層寢臺

아기침대 a.gi.chim.de*

嬰兒床 【漢字】--寢臺

이불 i.bul

被子

베개 be.ge*

枕頭

담요 dam.nyo

毛毯 【漢字】毯-

전기담요 jo*n.gi.da.myo

電熱毯 【漢字】電氣毯-

매트리스 me*.teu.ri.seu

床墊 【外來語】mattress

침대 시트 chim.de*/si.teu

床單 【漢外】寢臺sheet

침대커버 chim.de*.ko*.bo*

床罩 【漢外】寢臺cover

카펫 ka.pet

地毯 【外來語】carpet

커튼 ko*.teun

窗簾 【外來語】curtain

옷걸이 ot.go*.ri

衣架

스탠드 seu.te*n.deu

檯燈 【外來語】stand

가습기 ga.seup.gi

加濕機 【漢字】加濕器

서랍 so*.rap

抽屜

廁所

Track 042

수도꼭지 su.do.gok.jji

水龍頭 【漢字】水道--

샤워꼭지 sya.wo.gok.jji

蓮蓬頭 【外來語】shower--

변기 byo*n.gi

馬桶 【漢字】便器

욕조 yok.jjo

浴缸 【漢字】浴槽

세면대 se.myo*n.de*

洗手台 【漢字】洗面臺

거울 go*.ul

鏡子

세탁기 se.tak.gi

洗衣機 【漢字】洗濯機

타월 ta.wol

毛巾 【外來語】towel

비누 bi.nu

肥皂

휴지 hyu.ji

衛生紙 【漢字】休紙

변기솔 byo*n.gi.sol

馬桶刷 【漢字】便器-

치약 chi.yak

牙膏 【漢字】齒藥

칫솔 chit.ssol

牙刷 【漢字】齒-

廚房

주방용품 ju.bang.yong.pum

廚房用品 【漢字】廚房用品

싱크대 sing.keu.de*

水槽 【外漢】sink臺

조리기구 jo.ri.gi.gu

烹調用具 【漢字】調理器具

냉장고 ne*ng.jang.go

電冰箱 【漢字】冷藏庫

전기밥솥 jo*n.gi.bap.ssot

電飯鍋 【漢字】電氣--

전자 레인지 jo*n.ja/re.in.ji

微波爐 【漢外】電子range

가스레인지 ga.seu.re.in.ji

瓦斯爐 【外來語】gas range

레인지 후드 re.in.ji/hu.deu

抽油煙機 【外來語】range hood

오븐 o.beun

烤箱 【外來語】oven

가스통 ga.seu.tong

瓦斯桶 【外漢】gas桶

門口、陽台

문패 mun.pe*

門牌 【漢字】門牌

벨 bel

門鈴 【外來語】bell

우편함 u.pyo*n.ham

信箱 【漢字】郵便函

문 mun

門 【漢字】門

화분 hwa.bun

花盆 【漢字】花盆

신발장 sin.bal.jjang

鞋櫃 【漢字】--欌

家庭基本配備

전등 jo*n.deung

電燈 【漢字】電燈

수도 su.do

自來水管道 【漢字】水道

가스 ga.seu

瓦斯 【外來語】gas

전기 jo*n.gi

電 【漢字】電氣

설비 so*l.bi

設備 【漢字】設備

온수기 on.su.gi

熱水器 【漢字】溫水器

房屋類型

가옥 ga.ok

房屋 【漢字】家屋

아파트 a.pa.teu

大樓公寓 【外來語】apartment

빌딩 bil.ding

辦公大樓 【外來語】building

별장 byo*l.jang

別墅 【漢字】別莊

고시원 go.si.won

考試院 【漢字】考試院

원룸 wol.lum

套房 【外來語】one-room

단층집 dan.cheung.jip

平房 【漢字】單層-

단독주택 dan.dok.jju.te*k

獨立住宅 【漢字】單獨住宅

공동주택 gong.dong.ju.te*k

公寓大樓 【漢字】共同住宅

주택 단지 ju.te*k/dan.ji

住宅區 【漢字】住宅團地

房屋格局

Track 046

거실 go*.sil

客廳 【漢字】居室

방 bang

房間 【漢字】房

화장실 hwa.jang.sil

廁所 【漢字】化粧室

욕실 yok.ssil

浴室 【漢字】浴室

부엌 bu.o*k

廚房

서재 so*.je*

書房 【漢字】書齋

베란다 be.ran.da

陽臺 【外來語】veranda

윗층 wit.cheung

樓上 【漢字】-層

아래층 a.re*.cheung

樓下 【漢字】-層

뜰 deul

院子

앞마당 am.ma.dang

前院

차고 cha.go

車庫 【漢字】車庫

창고 chang.go

倉庫 【漢字】倉庫

지하실 ji.ha.sil

地下室 【漢字】地下室

옥상 ok.ssang

屋頂 【漢字】屋上

지붕 ji.bung

屋頂

천장 cho*n.jang

天花板 【漢字】天障

마루 ma.ru

地板

계단 gye.dan

樓梯 【漢字】階段

벽 byo*k

牆壁 【漢字】壁

창문 chang.mun

窗戶 【漢字】窓門

현관 hyo*n.gwan

門口 【漢字】玄關

找房、租房

집주인 jip.jju.in

房東 【漢字】-主人

임차인 im.cha.in

房客 【漢字】賃借人

세주다 se.ju.da

出租 【漢字】貰-

임대하다 im.de*.ha.da

租賃 【漢字】貸--

집세 jip.sse

房租 【漢字】-貰

이사하다 i.sa.ha.da

搬家 【漢字】移徙--

집을 구하다 ji.beul/gu.ha.da

找房子

집세를 내다 jip.sse.reul/ne*.da

交房租

집을 짓다 ji.beul/jjit.da

蓋房子

집을 사다 ji.beul/ssa.da

買房

【會話例句】家中用餐

Track 049

엄마, 배고파요. 먹을 거 없어요?
o*m.ma//be*.go.pa.yo//mo*.geul/go*/o*p.sso*.yo
媽，我肚子餓了，有吃的嗎？

나는 배 불러요.
na.neun/be*/bul.lo*.yo
我吃飽了。

후식이 뭐야?
hu.si.gi/mwo.ya
飯後點心是什麼？

좀 더 먹을래?
jom/do*/mo*.geul.le*
你還要再吃嗎？

누구 과일 먹을 사람 있어?
nu.gu/gwa.il/mo*.geul/ssa.ram/i.sso*
有誰要吃水果？

조심해. 된장찌개가 뜨거워.
jo.sim.he*//dwen.jang.jji.ge*.ga/deu.go*.wo
小心，大醬鍋很燙。

후춧가루 좀 건네 줄래?
hu.chut.ga.ru/jom/go*n.ne/jul.le*
可以拿胡椒粉給我嗎？

【會話例句】打掃家裡

Track 050

지금 당장 방 청소 해!

ji.geum/dang.jang/bang/cho*ng.so/he*

現在馬上打掃房間！

휴지통 좀 비우세요.

hyu.ji.tong/jom/bi.u.se.yo

請清理一下垃圾桶。

방이 너무 지저분하니 청소 좀 해라.

bang.i/no*.mu/ji.jo*.bun.ha.ni/cho*ng.so/jom/he*.ra

房間太亂了，快打掃。

식탁은 내가 닦을게요.

sik.ta.geun/ne*.ga/da.geul.ge.yo

餐桌我來擦。

이미 걸레로 바닥을 닦았어요.

i.mi/go*l.le.ro/ba.da.geul/da.ga.sso*.yo

已經用抹布擦好地板了。

필요없는 것들을 치워라.

pi.ryo.o*m.neun/go*t.deu.reul/chi.wo.ra

把不需要的東西清掉！

쓰레기 좀 내다 버려줄래?

sseu.re.gi/jom/ne*.da/bo*.ryo*.jul.le*

可以幫我把垃圾拿去丟嗎？

【會話例句】租房

싸고 좋은 원룸 찾는데요.

ssa.go/jo.eun/wol.lum/chan.neun.de.yo

我在找便宜又好的套房。

월세는 얼마예요?

wol.se.neun/o*l.ma.ye.yo

月租多少錢？

보증금은 얼마예요?

bo.jeung.geu.meun/o*l.ma.ye.yo

押金是多少錢？

계약할 때 얼마 내야 해요?

gye.ya.kal/de*/o*l.ma/ne*.ya/he*.yo

簽約時，要繳交多少錢？

단기로 빌릴 수 있나요?

dan.gi.ro/bil.lil/su/in.na.yo

可以租短期嗎？

당장 들어갈 수 있어요?

dang.jang/deu.ro*.gal/ssu/i.sso*.yo

可以馬上搬進去嗎？

에어컨하고 냉장고가 있나요?

e.o*.ko*n.ha.go/ne*ng.jang.go.ga/in.na.yo

有冷氣和冰箱嗎？

【會話例句】家中對話

Track 052

어서 와. 잘 다녀왔니?
o*.so*/wa//jal/da.nyo*.wan.ni
你回來啦，快進來。

다녀왔어요.
da.nyo*.wa.sso*.yo
我回來了。

너 뭐 해?
no*/mwo/he*
你在做什麼？

물이 끓었어요. 얼른 불을 꺼주세요.
mu.ri/geu.ro*.sso*.yo//o*l.leun/bu.reul/go*.ju.se.yo
水滾了，快把火關掉。

리모콘 좀 나에게 줄래?
ri.mo.kon/jom/na.e.ge/jul.le*
遙控器可以拿給我嗎？

너무 피곤해서 먼저 잘게요.
no*.mu/pi.gon.he*.so*/mo*n.jo*/jal.ge.yo
太累了，我先去睡了。

오늘 TV에 무슨 재미있는 거라도 하나?
o.neul/TV.e/mu.seun/je*.mi.in.neun/go*.ra.do/ha.na
今天電視有什麼好看的嗎？

單字
萬用
小抄
一本
就 GO

슈퍼마켓에서

在超市

CHAPTER 3

應用動詞1

Track 053

찾다 找尋	【發音】찯따
chat.da	【類義】구하다

格式體敍述句 찾습니다.	
非格式體敍述句 찾아요.	
過去式 찾았어요.	未來式 찾을 거예요.
命令句 찾으세요.	勸誘句 찾읍시다.

뭘 찾으세요?

mwol/cha.jeu.se.yo

您在找什麼？

여보세요, 누구를 찾으세요?

yo*.bo.se.yo//nu.gu.reul/cha.jeu.se.yo

喂，您找誰？

일자리를 찾고 있습니다.

il.ja.ri.reul/chat.go/it.sseum.ni.da

我在找工作。

잃어버린 지갑을 찾았어요.

i.ro*.bo*.rin/ji.ga.beul/cha.ja.sso*.yo

找到了弄丟的皮夾了。

다 같이 새로운 희망을 찾읍시다.

da/ga.chi/se*.ro.un/hi.mang.eul/cha.jeup.ssi.da

大家一起找新的希望吧！

應用動詞2

Track 054

구입하다 購買	【發音】구이파다
gu.i.pa.da	【漢字】購入--

基本變化

格式體敍述句	구입합니다.		
非格式體敍述句	구입해요.		
過去式	구입했어요.	未來式	구입할 거예요.
命令句	구입하세요.	勸誘句	구입합시다.

例句

지금 구입하세요!

ji.geum/gu.i.pa.se.yo

請現在購買。

스마트폰을 저렴하게 구입합니다.

seu.ma.teu.po.neul/jjo*.ryo*m.ha.ge/gu.i.pam.ni.da

便宜購買智慧型手機。

중고차 한 대를 구입했어요.

jung.go.cha/han/de*.reul/gu.i.pe*.sso*.yo

買了一台中古車。

식재료는 신선한 것으로 구입합시다.

sik.jje*.ryo.neun/sin.so*n.han/go*.seu.ro/gu.i.pap.ssi.da

食材購買新鮮的吧。

디지털 카메라를 하나 구입할까요?

di.ji.to*l/ka.me.ra.reul/ha.na/gu.i.pal.ga.yo

要不要買台數位相機呢？

基本食材

쌀 ssal

米

국수 guk.ssu

麵條

밀가루 mil.ga.ru

麵粉

곡물 gong.mul

穀物 【漢字】穀物

계란 gye.ran

雞蛋 【漢字】雞卵

고기 go.gi

肉

야채 ya.che*

蔬菜 【漢字】野菜

蔬菜區

채소 che*.so

蔬菜 【漢字】菜蔬

수세미외 su.se.mi.we

絲瓜

여주 yo*.ju

苦瓜

미나리 mi.na.ri

芹菜

시금치 si.geum.chi

菠菜

당근 dang.geun

紅蘿蔔

가지 ga.ji

茄子

부추 bu.chu

韭菜

토란 to.ran

芋頭 【漢字】土卵

산나물 san.na.mul

野菜、山菜 【漢字】山--

청경채 cho*ng.gyo*ng.che*

青江菜 【漢字】青梗菜

브로콜리 beu.ro.kol.li

花椰菜 【外來語】broccoli

호박 ho.bak

南瓜

고구마 go.gu.ma

地瓜

오이 o.i

小黃瓜

배추 be*.chu

白菜

양파 yang.pa

洋蔥 【漢字】洋-

마늘 ma.neul

大蒜

파 pa

蔥

생강 se*ng.gang

生薑 【漢字】生薑

고추 go.chu

辣椒

피망 pi.mang

青椒 【外來語】piment

무 mu

蘿蔔

감자 gam.ja

馬鈴薯

표고버섯 pyo.go.bo*.so*t

香菇

팽이버섯 pe*ng.i.bo*.so*t

金針菇

목이버섯 mo.gi.bo*.so*t

黑木耳 【漢字】木耳--

죽순 juk.ssun

竹筍 【漢字】竹筍

풋고추 put.go.chu

青辣椒

상추 sang.chu

生菜

양배추 yang.be*.chu

高麗菜 【漢字】洋--

콩나물 kong.na.mul

黃豆芽

쑥갓 ssuk.gat

茼蒿

옥수수 ok.ssu.su

玉米

두부 du.bu

豆腐 【漢字】豆腐

토마토 to.ma.to

番茄 【外來語】tomato

우엉 u.o*ng

牛蒡

연근 yo*n.geun

蓮藕 【漢字】蓮根

鮮肉區

육류 yung.nyu

肉類 【漢字】肉類

돼지고기 dwe*.ji.go.gi

豬肉

닭고기 dal.go.gi

雞肉

양고기 yang.go.gi

羊肉 【漢字】羊--

소고기 so.go.gi

牛肉

오리고기 o.ri.go.gi

鴨肉

햄 he*m

火腿 【外來語】ham

베이컨 be.i.ko*n

培根 【外來語】bacon

소시지 so.si.ji

香腸 【外來語】sausage

소갈비 so.gal.bi

牛排

돼지갈비 dwe*.ji.gal.bi

豬排

닭갈비 dak.gal.bi

雞排

肉的部位

Track 060

갈비 gal.bi

排骨

다리 고기 da.ri/go.gi

腿肉

가슴살 ga.seum.sal

胸肉

닭날개 dang.nal.ge*

雞翅

살코기 sal.ko.gi

瘦肉

삼겹살 sam.gyo*p.ssal

五花肉 【漢字】三--

앞다리살 ap.da.ri.sal

前腿肉

뒷다리살 dwit.da.ri.sal

後腿肉

닭가슴살 dak.ga.seum.sal

雞胸肉

등심 deung.sim

里脊 【漢字】-心

곱창 gop.chang

牛小腸

족발 jok.bal

豬腳 【漢字】足-

海產區

해산물 he*.san.mul

海產 【漢字】海產物

생선 se*ng.so*n

魚 【漢字】生鮮

붕어 bung.o*

鯽魚

뱀장어 be*m.jang.o*

鰻魚 【漢字】-長魚

도미 do.mi

鯛魚

갈치 gal.chi

帶魚

참치 cham.chi

鮪魚

꽁치 gong.chi

秋刀魚

고등어 go.deung.o*

青花魚

연어 yo*.no*

鮭魚 【漢字】鰱魚

정어리 jo*ng.o*.ri

沙丁魚

서대기 so*.de*.gi

比目魚

대구 de*.gu

鱈魚 【漢字】大口

청어 cho*ng.o*

鯡魚 【漢字】青魚

대합조개 de*.hap.jjo.ge*

蛤 【漢字】大蛤--

바닷가재 ba.dat.ga.je*

龍蝦

굴 gul

牡蠣

새우 se*.u

蝦

오징어 o.jing.o*

魷魚

게 ge

螃蟹

조개 jo.ge*

貝類

가리비 ga.ri.bi

扇貝

전복 jo*n.bok

鮑魚

바지락 ba.ji.rak

蛤仔

문어 mu.no*

章魚 【漢字】文魚

낙지 nak.jji

烏賊

우렁이 u.ro*ng.i

田螺

해파리 he*.pa.ri

海蜇皮

해삼 he*.sam

海參 【漢字】海蔘

성게 so*ng.ge

海膽

다시마 da.si.ma

海帶

김 gim

紫菜

五穀雜糧區

보리 bo.ri

大麥

밀 mil

小麥

귀리 gwi.ri

燕麥

좁쌀 jop.ssal

小米

찹쌀 chap.ssal

糯米

수수 su.su

高粱

콩 kong

黃豆

팥 pat

紅豆

녹두 nok.du

綠豆 【漢字】綠豆

풋콩 put.kong

毛豆

잠두 jam.du

蠶豆 【漢字】蠶豆

완두콩 wan.du.kong

碗豆 【漢字】豌豆-

水果區

사과 sa.gwa

蘋果 【漢字】沙果

배 be*

梨子

바나나 ba.na.na

香蕉 【外來語】banana

딸기 dal.gi

草莓

감귤 gam.gyul

蜜橘 【漢字】柑橘

오렌지 o.ren.ji

柳橙 【外來語】orange

레몬 re.mon

檸檬 【外來語】lemon

야자 ya.ja

椰子 【漢字】椰子

수밀도 su.mil.do

水蜜桃 【漢字】水蜜桃

복숭아 bok.ssung.a

桃子

자두 ja.du

李子

대추 de*.chu

大棗

두리안 du.ri.an

榴槤 【外來語】durian

멜론 mel.lon

哈密瓜 【外來語】melon

방울 토마토 bang.ul/to.ma.to

小番茄 【外來語】--tomato

버찌 bo*.jji

櫻桃

참외 cha.mwe

甜瓜

키위 ki.wi

奇異果 【外來語】kiwi

파파야 pa.pa.ya

木瓜 【外來語】papaya

호두 ho.du

胡桃

여지 yo*.ji

荔枝

파인애플 pa.i.ne*.peul

鳳梨 【外來語】pineapple

앵두 e*ng.du

櫻桃

포도 po.do

葡萄 【漢字】葡萄

석류 so*ng.nyu

石榴 【漢字】石榴

감 gam

柿子

망고 mang.go

芒果 【外來語】mango

수박 su.bak

西瓜

자몽 ja.mong

葡萄柚

奶製品

유제품 yu.je.pum

奶製品 【漢字】乳製品

분유 bu.nyu

奶粉 【漢字】粉乳

치즈 chi.jeu

起司 【外來語】cheese

버터 bo*.to*

黃油 【外來語】butter

마가린 ma.ga.rin

人造奶油 【外來語】margarine

생크림 se*ng.keu.rim

鮮奶油 【漢外】生cream

휘핑 크림 hwi.ping/keu.rim

攪奶油 【外來語】whipping cream

調味品區

Track 068

간장 gan.jang

醬油 【漢字】-醬

화학조미료 hwa.hak.jjo.mi.ryo

味精 【漢字】化學調味料

소금 so.geum

鹽巴

고추장 go.chu.jang

辣椒醬 【漢字】-醬

식초 sik.cho

食用醋 【漢字】食醋

기름 gi.reum

油

양념 yang.nyo*m

佐料

고추가루 go.chu.ga.ru

辣椒粉

후춧가루 hu.chut.ga.ru

胡椒粉

참기름 cham.gi.reum

香油／芝麻油

백설탕 be*k.sso*l.tang

白糖 【漢字】白雪糖

흑설탕 heuk.sso*l.tang

黑糖 【漢字】黑雪糖

설탕 so*l.tang

糖 【漢字】雪糖

새우젓 se*.u.jo*t

蝦醬

된장 dwen.jang

大醬 【漢字】-醬

참깨 cham.ge*

芝麻

소스 so.seu

醬汁 【外來語】sauce

캐비아 ke*.bi.a

魚子醬 【外來語】caviar

젓갈 jo*t.gal

魚醬

머스터드 mo*.seu.to*.deu

芥末醬 【外來語】mustard

요리술 yo.ri.sul

料理酒 【漢字】料理-

케찹 ke.chap

番茄醬 【外來語】ketchup

마요네즈 ma.yo.ne.jeu

美乃滋 【外來語】mayonnaise

잼 je*m

果醬 【外來語】jam

통조림 tong.jo.rim

罐頭 【漢字】桶--

冷藏區

우유 u.yu

鮮乳 【漢字】牛乳

요구르트 yo.gu.reu.teu

優酪乳 【外來語】yogurt

푸딩 pu.ding

布丁 【外來語】pudding

젤리 jel.li

果凍 【外來語】jelly

김치 gim.chi

泡菜

두유 du.yu

豆漿 【漢字】豆乳

아이스크림 a.i.seu.keu.rim

冰淇淋 【外來語】ice cream

香料區

향신료 hyang.sil.lyo

辛香料 【漢字】香辛料

스파이스 seu.pa.i.seu

香料 【外來語】spice

박하 ba.ka

薄荷 【漢字】薄荷

아니스 a.ni.seu

大茴香 【外來語】anise

파슬리 pa.seul.li

荷蘭芹 【外來語】parsley

후추 hu.chu

胡椒

겨자 gyo*.ja

芥末 【漢字】-子

바실 ba.sil

羅勒 【外來語】basil

로즈메리 ro.jeu.me.ri

迷迭香 【外來語】Rosemary

오레가노 o.re.ga.no

牛至葉 【外來語】Oregano

육계피 yuk.gye.pi

肉桂 【漢字】肉桂皮

바닐라 ba.nil.la

香草 【外來語】vanilla

제라늄 je.ra.nyum

香葉 【外來語】geranium

糖果餅乾區

Track 072

간식 gan.sik

零食 【漢字】間食

쿠키 ku.ki

餅乾 【外來語】cookie

초콜릿 cho.kol.lit

巧克力 【外來語】chocolate

캔디 ke*n.di

糖果 【外來語】candy

껌 go*m

口香糖 【外來語】gum

밀크 캐러멜 mil.keu/ke*.ro*.mel

牛奶糖 【外來語】milk caramel

크래커 keu.re*.ko*

餅乾 【外來語】cracker

소다크래커 so.da.keu.re*.ko*

蘇打餅乾 【外來語】soda cracker

비스킷 bi.seu.kit

烤餅乾 【外來語】biscuit

포테이토칩 po.te.i.to.chip

洋芋片 【外來語】potato chip

팝콘 pap.kon

爆米花 【外來語】popcorn

飲料區

Track 073

음료수 eum.nyo.su

飲料 【漢字】飲料水

광천수 gwang.cho*n.su

礦泉水 【漢字】鑛泉水

생수 se*ng.su

礦泉水 【漢字】生水

밀크티 mil.keu.ti

奶茶 【外來語】milk tea

탄산음료 tan.sa.neum.nyo

碳酸飲料 【漢字】炭酸飲料

알코올 음료 al.ko.ol/eum.nyo

酒精飲料 【外漢】alcohol飲料

꿀물 gul.mul

蜂蜜水

주스 ju.seu

果汁 【外來語】juice

사과주스 sa.gwa.ju.seu

蘋果汁 【漢外】沙果juice

레몬주스 re.mon.ju.seu

檸檬果汁 【外來語】lemon juice

자몽주스 ja.mong.ju.seu

葡萄柚果汁 【外來語】--juice

토마토주스 to.ma.to.ju.seu

番茄汁 【外來語】tomato juice

키위주스 ki.wi.ju.seu

奇異果果汁 【外來語】kiwi juice

茶類、咖啡區

녹차 nok.cha

綠茶 【漢字】綠茶

홍차 hong.cha

紅茶 【漢字】紅茶

보리차 bo.ri.cha

麥茶 【漢字】--茶

옥수수차 ok.ssu.su.cha

玉米茶 【漢字】---茶

국화차 gu.kwa.cha

菊花茶 【漢字】菊花茶

보이차 bo.i.cha

普洱茶 【漢字】--茶

장미꽃차 jang.mi.got.cha

玫瑰茶 【漢字】薔薇-茶

박하차 ba.ka.cha

薄荷茶 【漢字】薄荷茶

오곡차 o.gok.cha

五穀茶 【漢字】五穀茶

커피 ko*.pi

咖啡 【外來語】coffee

원두커피 won.du.ko*.pi

原味咖啡 【漢外】原豆coffee

캔커피 ke*n.ko*.pi

罐裝咖啡 【外來語】can coffee

커피믹스 ko*.pi.mik.sseu

咖啡伴侶 【外來語】coffee mix

블루마운틴 beul.lu.ma.un.tin

藍山咖啡 【外來語】blue mountain

모카커피 mo.ka.ko*.pi

摩卡咖啡 【外來語】mocha coffee

인스턴트커피 in.seu.to*n.teu.ko*.pi

速溶咖啡 【外來語】Instant coffee

廚房用品區

테이블보 te.i.beul.bo

餐桌布 【漢字】table褓

주전자 ju.jo*n.ja

水壺 【漢字】酒煎子

컵 ko*p

杯子 【外來語】cup

과일칼 gwa.il.kal

水果刀

식칼 sik.kal

菜刀 【漢字】食-

도마 do.ma

砧板

믹서기 mik.sso*.gi

果汁機

냄비 ne*m.bi

鍋子

프라이팬 peu.ra.i.pe*n

平底鍋 【外來語】frypan

찜통 jjim.tong

蒸鍋

뚝배기 duk.be*.gi

砂鍋、陶鍋

뚜껑 du.go*ng

蓋子、鍋蓋

국자 guk.jja

勺子

주걱 ju.go*k

飯匙

수저 su.jo*

湯匙和筷子

거품기 go*.pum.gi

打蛋器 【漢字】--器

병따개 byo*ng.da.ge*

開瓶器 【漢字】瓶--

수세미 su.se.mi

菜瓜布

철수세미 cho*l.su.se.mi

鐵刷 【漢字】鐵---

스펀지 seu.po*n.ji

海綿 【外來語】sponge

고무장갑 go.mu.jang.gap

橡皮手套 【漢字】--掌匣

앞치마 ap.chi.ma

圍裙

깡통따개 gang.tong.da.ge*

開罐器

랩 re*p

保鮮膜 【外來語】wrap

주방세제 ju.bang.se.je

洗碗精 【漢字】廚房洗劑

호일 ho.il

鋁箔紙 【外來語】foil

깔때기 gal.de*.gi

漏斗

젓가락 받침 jo*t.ga.rak/bat.chim

筷架

나무젓가락 na.mu.jo*t.ga.rak

免洗筷

찻숟가락 chat.ssut.ga.rak

茶匙 【漢字】茶-

보온병 bo.on.byo*ng

保溫瓶 【漢字】保溫瓶

머그잔 mo*.geu.jan

馬克杯 【外漢】mug盞

종이컵 jong.i.ko*p

紙杯 【外來語】--cup

빨대 bal.de*

吸管

밀방망이 mil.bang.mang.i

桿麵棍

日常用品區

거울 go*.ul

鏡子

우산 u.san

雨傘 【漢字】雨傘

때수건 de*.su.go*n

洗澡毛巾 【漢字】-手巾

목욕타월 mo.gyok.ta.wol

浴巾 【漢外】沐浴towel

휴지 hyu.ji

衛生紙 【漢字】休紙

휴지통 hyu.ji.tong

垃圾桶 【漢字】休紙桶

손전등 son.jo*n.deung

手電筒 【漢字】-電燈

체중계 che.jung.gye

體重計 【漢字】體重計

라이터 ra.i.to*

打火機 【外來語】lighter

온도계 on.do.gye

溫度計 【漢字】溫度計

액자 e*k.jja

相框

벽시계 byo*k.ssi.gye

壁鐘 【漢字】壁時計

달력 dal.lyo*k

日曆 【漢字】-曆

꽃병 got.byo*ng

花瓶 【漢字】-瓶

방석 bang.so*k

坐墊 【漢字】方席

자명종 ja.myo*ng.jong

鬧鐘 【漢字】自鳴鐘

살충제 sal.chung.jje

殺蟲劑 【漢字】殺蟲劑

열쇠고리 yo*l.swe.go.ri

鑰匙圈

재떨이 je*.do*.ri

菸灰缸

쿠션 ku.syo*n

靠墊 【外來語】cushion

돗자리 dot.jja.ri

涼席

비누갑 bi.nu.gap

肥皂盒 【漢字】--匣

수건걸이 su.go*n.go*.ri

毛巾架 【漢字】手巾--

清潔用品區

빗자루 bit.jja.ru

掃把

쓰레받기 sseu.re.bat.gi

畚箕

행주 he*ng.ju

抹布

대걸레 de*.go*l.le

拖把

양동이 yang.dong.i

水桶 【漢字】洋--

솔　sol

刷子

쓰레기봉투　sseu.re.gi.bong.tu

垃圾袋　【漢字】---封套

세탁세제　se.tak.sse.je

洗滌劑　【漢字】洗濯洗劑

표백제　pyo.be*k.jje

漂白水　【漢字】漂白劑

소독세제　so.dok.sse.je

消毒清潔劑　【漢字】消毒洗劑

쓰레기통　sseu.re.gi.tong

垃圾桶　【漢字】---桶

세척포　se.cho*k.po

清潔布　【漢字】洗滌布

먼지털이개　mo*n.ji.to*.ri.ge*

雞毛撢子

超市相關詞彙

쇼핑 카트　syo.ping/ka.teu

手推車　【外來語】shopping cart

제조날짜　je.jo.nal.jja

制造日期　【漢字】製造--

유효기간　yu.hyo.gi.gan

有效期限　【漢字】有效期間

종량 jung.nyang

重量 【漢字】重量

그램 geu.re*m

克 【外來語】gram

킬로그램 kil.lo.geu.re*m

斤 【外來語】kilogram

포장지 po.jang.ji

包裝紙 【漢字】包裝紙

청과류 cho*ng.gwa.ryu

蔬果類 【漢字】青果類

일용품 i.ryong.pum

日用品 【漢字】日用品

냉동식품 ne*ng.dong.sik.pum

冷凍食品 【漢字】冷凍食品

경품 gyo*ng.pum

贈品 【漢字】景品

스크래치 카드 seu.keu.re*.chi/ka.deu

刮刮卡 【外來語】scratch card

비닐 봉지 bi.nil/bong.ji

塑膠袋 【外漢】vinyl封紙

종이 봉지 jong.i/bong.ji

紙袋 【漢字】--封紙

【會話例句】超市購物

냉동식품이 어디에 있는지 말씀해 주시겠어요?

ne*ng.dong.sik.pu.mi/o*.di.e/in.neun.ji/mal.sseum.he*/ju.si.ge.sso*.yo

可以告訴我冷凍食品在哪裡嗎？

유효기간이 언제까지예요?

yu.hyo.gi.ga.ni/o*n.je.ga.ji.ye.yo

請問有效期限到什麼時候？

쇼핑 카트가 어디에 있습니까?

syo.ping/ka.teu.ga/o*.di.e/it.sseum.ni.ga

請問購物車在哪裡？

음료수는 어느 줄인가요?

eum.nyo.su.neun/o*.neu/ju.rin.ga.yo

請問飲料在哪一排？

죄송하지만 다 떨어졌는데요.

jwe.song.ha.ji.man/da/do*.ro*.jo*n.neun.de.yo

對不起，都賣完了。

비닐 봉지 하나 주시겠어요?

bi.nil/bong.ji/ha.na/ju.si.ge.sso*.yo

可以給我一個塑膠袋嗎？

포인트 카드를 가지고 계세요?

po.in.teu/ka.deu.reul/ga.ji.go/gye.se.yo

您有會員卡嗎？

【會話例句】買菜

Track 084

시식해도 될까요?

si.si.ke*.do/dwel.ga.yo

可以試吃嗎？

배추하고 무를 주세요.

be*.chu.ha.go/mu.reul/jju.se.yo

請給我白菜和白蘿蔔。

수박은 아직도 비싸네요.

su.ba.geun/a.jik.do/bi.ssa.ne.yo

西瓜現在還很貴呢！

이 바나나는 너무 익은 것 같군요. 좀 싸게 주세요.

i/ba.na.na.neun/no*.mu/i.geun/go*t/gat.gu.nyo//jom/ssa.ge/ju.se.yo

這香蕉好像太熟了呢！請算便宜一點。

포도 한 봉지에 얼마예요?

po.do/han/bong.ji.e/o*l.ma.ye.yo

一包葡萄多少錢？

생선을 세 토막으로 잘라 주세요.

se*ng.so*.neul/sse/to.ma.geu.ro/jal.la/ju.se.yo

請將魚切成三塊。

새우가 신선합니까?

se*.u.ga/sin.so*n.ham.ni.ga

蝦子新鮮嗎？

單字萬用小抄一本就GO

시내에서

在市區

CHAPTER 4

應用動詞1

Track 085

사다 買	【反義】팔다
sa.da	【類義】구입하다

格式體敘述句　삽니다.	
非格式體敘述句　사요.	
過去式　샀어요.	未來式　살 거예요.
命令句　사세요.	勸誘句　삽시다.

바지를 삽니다.
ba.ji.reul/ssam.ni.da
買褲子。

백화점에서 화장품을 샀어요.
be*.kwa.jo*.me.so*/hwa.jang.pu.meul/ssa.sso*.yo
在百貨公司買了化妝品。

새차를 살 거예요.
se*.cha.reul/ssal/go*.ye.yo
我要買新車。

뭘 사요?
mwol/sa.yo
買什麼?

많이 사시면 싸게 드릴게요.
ma.ni/sa.si.myo*n/ssa.ge/deu.ril.ge.yo
您多買一點的話，會算您便宜一點。

應用動詞2

Track 086

팔다 賣	【反義】사다
pal.da	【類義】판매하다

基本變化

格式體敘述句 팝니다.	
非格式體敘述句 팔아요.	
過去式 팔았어요.	未來式 팔 거예요.
命令句 파세요.	勸誘句 팝시다.

例句

길에서 떡볶이를 팝니다.

gi.re.so*/do*k.bo.gi.reul/pam.ni.da

在路邊賣辣炒年糕。

만화책을 친구에게 팔았어요.

man.hwa.che*.geul/chin.gu.e.ge/pa.ra.sso*.yo

把漫畫書賣給朋友了。

많이 파세요.

ma.ni/pa.se.yo

祝生意興榮。

과일을 팔아요.

gwa.i.reul/pa.ra.yo

賣水果。

생크림은 어디서 파나요?

se*ng.keu.ri.meun/o*.di.so*/pa.na.yo

鮮奶油哪裡有在賣呢？

應用動詞3

Track 087

고르다 挑選	【類義】선택하다
go.reu.da	

基本變化

格式體敘述句 고릅니다.	
非格式體敘述句 골라요.	
過去式 골랐어요.	未來式 고를 거예요.
命令句 고르세요.	勸誘句 고릅시다.

例句

하나만 골라보세요.
ha.na.man/gol.la.bo.se.yo
請挑選一個。

무기 하나를 고릅니다.
mu.gi/ha.na.reul/go.reum.ni.da
挑選一樣武器。

색깔을 잘못 골랐어요.
se*k.ga.reul/jjal.mot/gol.la.sso*.yo
選錯顏色了。

신중하게 고릅시다.
sin.jung.ha.ge/go.reup.ssi.da
一起慎重挑選吧。

마음대로 고르세요.
ma.eum.de*.ro/go.reu.se.yo
隨便您選。

應用動詞4

Track 088

입어보다 試穿	【發音】이버보다
i.bo*.bo.da	

基本變化

格式體敘述句 입어봅니다.	
非格式體敘述句 입어봐요.	
過去式 입어봤어요.	未來式 입어볼 거예요.
命令句 입어보세요.	勸誘句 입어봅시다.

例句

입어봐도 될까요?

i.bo*.bwa.do/dwel.ga.yo

我可以試穿嗎？

한 번 입어 보세요. 잘 맞으세요?

han/bo*n/i.bo*/bo.se.yo//jal/ma.jeu.se.yo

請您試穿看看，剛好嗎？

이거 입어봤는데 좀 작아요.

i.go*/i.bo*.bwan.neun.de/jom/ja.ga.yo

我試穿過這個了，有點小。

한복은 처음 입어봐요.

han.bo.geun/cho*.eum/i.bo*.bwa.yo

我第一次穿韓服。

한번 입어봅시다.

han.bo*n/i.bo*.bop.ssi.da

我們試穿看看吧。

應用動詞5

Track 089

계산하다 結帳、計算	【發音】계산하다
gye.san.ha.da	【漢字】計算--

基本變化

格式體敘述句 계산합니다.	
非格式體敘述句 계산해요.	
過去式 계산했어요.	未來式 계산할 거예요.
命令句 계산하세요.	勸誘句 계산합시다.

例句

이거 계산해 주세요.

i.go*/gye.san.he*/ju.se.yo

這個請幫我結帳。

따로 계산해 주세요.

da.ro/gye.san.he*/ju.se.yo

請幫我分開結帳。

어디서 계산하나요?

o*.di.so*/gye.san.ha.na.yo

請問要在哪裡結帳？

계산하기 어렵습니다.

gye.san.ha.gi/o*.ryo*p.sseum.ni.da

難以計算。

계산을 잘못 했어요.

gye.sa.neul/jjal.mot/he*.sso*.yo

計算錯誤了。

應用動詞6

Track 090

포장하다 包裝	【漢字】包裝--
po.jang.ha.da	

基本變化

格式體敘述句 포장합니다.	
非格式體敘述句 포장해요.	
過去式 포장했어요.	未來式 포장할 거예요.
命令句 포장하세요.	勸誘句 포장합시다.

例句

예쁘게 포장해 주세요.

ye.beu.ge/po.jang.he*/ju.se.yo

請幫我包裝漂亮一點。

포장해 줄 수 있으세요?

po.jang.he*/jul/su/i.sseu.se.yo

可以幫我包裝嗎？

따로따로 포장해 주세요.

da.ro.da.ro/po.jang.he*/ju.se.yo

請幫我分開包裝。

선물을 포장할까요?

so*n.mu.reul/po.jang.hal.ga.yo

要包裝禮物嗎？

선물을 포장했어요.

so*n.mu.reul/po.jang.he*.sso*.yo

禮物包裝好了。

應用動詞7 Track 091

할인하다 打折	【漢字】割引--
ha.rin.ha.da	【類義】세일하다

格式體敘述句 할인합니다.	
非格式體敘述句 할인해요.	
過去式 할인했어요.	未來式 할인할 거예요.
命令句 할인하세요.	勸誘句 할인합시다.

월요일에 20% 할인합니다.
wo.ryo.i.re/i.sip.peu.ro/ha.rin.ham.ni.da
星期一打八折。

비싸요. 할인해 주시겠어요?
bi.ssa.yo//ha.rin.he*/ju.si.ge.sso*.yo
很貴，可以打折給我嗎？

어느 정도 할인해 주실 수 있습니까?
o*.neu/jo*ng.do/ha.rin.he*/ju.sil/su/it.sseum.ni.ga
可以打折多少給我呢？

많이 사면 깎아 주시겠어요?
ma.ni/sa.myo*n/ga.ga/ju.si.ge.sso*.yo
買多的話，會便宜給我嗎？

이것은 할인할 때 산 거예요.
i.go*.seun/ha.rin.hal/de*/san/go*.ye.yo
這個是打折的時候買的。

應用動詞8

Track 092

환불하다 退費	【漢字】還拂--
hwan.bul.ha.da	【類義】돈을 돌려주다

基本變化

格式體敘述句 환불합니다.	
非格式體敘述句 환불해요.	
過去式 환불했어요.	未來式 환불할 거예요.
命令句 환불하세요.	勸誘句 환불합시다.

例句

환불해 주시겠어요?
hwan.bul.he*/ju.si.ge.sso*.yo
可以退費給我嗎？

교환 및 환불이 가능합니다.
gyo.hwan/mit/hwan.bu.ri/ga.neung.ham.ni.da
可以換貨及退費。

환불 받을 수 있나요?
hwan.bul/ba.deul/ssu/in.na.yo
我可以退費嗎？

교환이나 환불 해 주세요.
gyo.hwa.ni.na/hwan.bul/he*/ju.se.yo
請幫我換貨或是退費。

카메라를 샀다가 환불했어요.
ka.me.ra.reul/ssat.da.ga/hwan.bul.he*.sso*.yo
買了相機後又拿去退費了。

應用動詞9

Track 093

일하다 工作	【類義】근무하다
il.ha.da	

基本變化

格式體敘述句 일합니다.	
非格式體敘述句 일해요.	
過去式 일했어요.	未來式 일할 거예요.
命令句 일하세요.	勸誘句 일합시다.

例句

함께 일합시다.
ham.ge/il.hap.ssi.da
一起工作吧。

내일은 정말 일하기 싫어요.
ne*.i.reun/jo*ng.mal/il.ha.gi/si.ro*.yo
明天真不想工作。

선배는 어디서 일해요?
so*n.be*.neun/o*.di.so*/il.he*.yo
前輩你在哪裡上班？

무역 회사에서 일해요.
mu.yo*k/hwe.sa.e.so*/il.he*.yo
我在貿易公司上班。

열심히 일하고 힘들면 좀 쉬세요.
yo*l.sim.hi/il.ha.go/him.deul.myo*n/jom/swi.se.yo
認真工作，累的話就休息一下。

應用動詞10

Track 094

공부하다 念書	【漢字】工夫--
gong.bu.ha.da	【類義】배우다

基本變化

格式體敍述句 공부합니다.	
非格式體敍述句 공부해요.	
過去式 공부했어요.	未來式 공부할 거예요.
命令句 공부하세요.	勸誘句 공부합시다.

例句

지금 한국어를 공부하고 있어요.
ji.geum/han.gu.go*.reul/gong.bu.ha.go/i.sso*.yo
我現在在念韓國語。

매일 도서관에서 공부해요.
me*.il/do.so*.gwa.ne.so*/gong.bu.he*.yo
每天在圖書館讀書。

오늘 다섯 시간이나 공부했어요.
o.neul/da.so*t/si.ga.ni.na/gong.bu.he*.sso*.yo
今天我讀了五個小時的書。

내일 시간이 있으면 같이 공부하자.
ne*.il/si.ga.ni/i.sseu.myo*n/ga.chi/gong.bu.ha.ja
明天你有時間的話，我們一起讀書吧。

피아노를 배우고 싶습니다.
pi.a.no.reul/be*.u.go/sip.sseum.ni.da
我想學鋼琴。

應用動詞11

Track 095

예약하다 預約、訂位	【漢字】豫約--
ye.ya.ka.da	

基本變化

格式體敍述句 예약합니다.	
非格式體敍述句 예약해요	
過去式 예약했어요.	未來式 예약할 거예요.
命令句 예약하세요.	勸誘句 예약합시다.

例句

예약하셨습니까?
ye.ya.ka.syo*t.sseum.ni.ga
您有預約嗎？

미리 예약하셔야 합니다.
mi.ri/ye.ya.ka.syo*.ya/ham.ni.da
您必須事先預約。

전화로 예약했어요.
jo*n.hwa.ro/ye.ya.ke*.sso*.yo
用電話預約好了。

테이블을 예약하고 싶습니다.
te.i.beu.reul/ye.ya.ka.go/sip.sseum.ni.da
我想訂位。

온라인으로 호텔을 예약하세요.
ol.la.i.neu.ro/ho.te.reul/ye.ya.ka.se.yo
請用網路訂房。

應用動詞12

Track 096

쓰다 使用、戴、寫	【類義】사용하다
sseu.da	

格式體敍述句 씁니다.	
非格式體敍述句 써요.	
過去式 썼어요.	未來式 쓸 거예요.
命令句 쓰세요.	勸誘句 씁시다.

例句

실례지만, 전화를 좀 써도 돼요?
sil.lye.ji.man//jo*n.hwa.reul/jjom/sso*.do/dwe*.yo
不好意思，我可以借用一下電話嗎？

언니가 방에서 편지를 쓰고 있어요.
o*n.ni.ga/bang.e.so*/pyo*n.ji.reul/sseu.go/i.sso*.yo
姊姊在房間寫信。

왜 항상 모자를 써요?
we*/hang.sang/mo.ja.reul/sso*.yo
你為什麼經常戴帽子？

어릴 때 안경을 쓰면 시력이 더 나빠져요?
o*.ril/de*/an.gyo*ng.eul/sseu.myo*n/si.ryo*.gi/do*/na.ba.jo*.yo
小時候戴眼鏡的話，視力會變得更差嗎？

돈을 얼마나 썼어요?
do.neul/o*l.ma.na/sso*.sso*.yo
你花了多少錢？

應用動詞13

Track 097

타다　搭車	【反義】내리다
ta.da	

基本變化

格式體敍述句　탑니다.	
非格式體敍述句　타요.	
過去式　탔어요.	未來式　탈 거예요.
命令句　타세요.	勸誘句　탑시다.

例句

버스를 탑니다.
bo*.seu.reul/tam.ni.da
搭公車。

우리 뭘 타고 갈까요?
u.ri/mwol/ta.go/gal.ga.yo
我們搭什麼去呢？

공항 버스를 탈 거예요.
gong.hang/bo*.seu.reul/tal/go*.ye.yo
我要搭機場巴士去。

택시를 타고 가면 돼요.
te*k.ssi.reul/ta.go/ga.myo*n/dwe*.yo
搭計程車去就好了。

자전거를 조심해서 타세요.
ja.jo*n.go*.reul/ jo.sim.he*.so*/ta.se.yo
請小心騎腳踏車。

應用動詞14

Track 098

내리다 下車、下降	【反義】오르다
ne*.ri.da	

基本變化

格式體敘述句 내립니다.	
非格式體敘述句 내려요.	
過去式 내렸어요.	未來式 내릴 거예요.
命令句 내리세요.	勸誘句 내립시다.

例句

비가 내립니다.
bi.ga/ne*.rim.ni.da
下雨。

버스에서 내려요.
bo*.seu.e.so*/ne*.ryo*.yo
下公車。

이번 역에서 내리세요.
i.bo*n/yo*.ge.so*/ne*.ri.se.yo
請在這站下車。

가격이 내렸어요.
ga.gyo*.gi/ne*.ryo*.sso*.yo
價格下降了。

내일 눈이 내릴 거예요.
ne*.il/nu.ni/ne*.ril/go*.ye.yo
明天會下雪。

應用動詞15

Track 099

갈아타다 換車	【發音】가라타다
ga.ra.ta.da	【同義】환승하다

基本變化

格式體敘述句 갈아탑니다.	
非格式體敘述句 갈아타요.	
過去式 갈아탔어요.	未來式 갈아탈 거예요.
命令句 갈아타세요.	勸誘句 갈아탑시다.

例句

버스로 갈아탑니다.
bo*.seu.ro/ga.ra.tam.ni.da
換搭公車。

몇 호선으로 갈아타야 돼요?
myo*t/ho.so*.neu.ro/ga.ra.ta.ya/dwe*.yo
應該搭幾號線呢？

다음 정거장에서 차를 갈아 타야 해요.
da.eum/jo*ng.go*.jang.e.so*/cha.reul/ga.ra/ta.ya/he*.yo
應該在下一站換車。

동대문까지 가려면 어디서 환승해야 하나요?
dong.de*.mun.ga.ji/ga.ryo*.myo*n/o*.di.so*/hwan.seung.
he*.ya/ha.na.yo
想去東大門的話，應該在哪裡換車？

지하철에서 버스로 갈아탔어요.
ji.ha.cho*.re.so*/bo*.seu.ro/ga.ra.ta.sso*.yo
從地鐵換搭公車了。

應用動詞16

Track 100

운전하다　開車	【漢字】運轉--
un.jo*n.ha.da	

基本變化

格式體敍述句　운전합니다.	
非格式體敍述句　운전해요.	
過去式　운전했어요.	未來式　운전할 거예요.
命令句　운전하세요.	勸誘句　운전합시다.

例句

운전할 줄 아세요?

un.jo*n.hal/jjul/a.se.yo

你會開車嗎？

안전 운전합시다.

an.jo*n/un.jo*n.hap.ssi.da

大家小心開車。

제가 요즘 화물차를 운전하고 있어요.

je.ga/yo.jeum/hwa.mul.cha.reul/un.jo*n.ha.go/i.sso*.yo

我最近在開貨車。

오늘 네가 운전해라.

o.neul/ni.ga/un.jo*n.he*.ra

今天由你來開車。

음주 운전 하면 안 돼요.

eum.ju/un.jo*n/ha.myo*n/an/dwe*.yo

不可以酒後開車。

藥妝店

Track 101

화장품 hwa.jang.pum

化妝品 【漢字】化妝品

메이크업 me.i.keu.o*p

化妝 【外來語】makeup

립스틱 rip.sseu.tik

口紅 【外來語】lip stick

볼터치 bol.to*.chi

腮紅 【外來語】-touch

아이섀도 a.i.sye*.do

眼影 【外來語】eye shadow

썬크림 sso*n.keu.rim

防曬乳 【外來語】suncream

립 라이너 rip/ra.i.no*

唇線筆 【外來語】lip liner

립글로스 rip.geul.lo.seu

唇蜜 【外來語】lip-gloss

인조눈썹 in.jo.nun.sso*p

假睫毛 【漢字】人造--

아이브로 펜슬 a.i.beu.ro/pen.seul

眉筆 【外來語】eyebrow pencil

눈썹집게 nun.sso*p.jjip.ge

睫毛夾

브러쉬 beu.ro*.swi

腮紅刷 【外來語】brush

콤팩트 kom.pe*k.teu

粉餅 【外來語】compact

분첩 bun.cho*p

粉撲 【漢字】粉貼

메이크업 베이스 me.i.keu.o*p/be.i.seu

隔離霜、打底霜 【外來語】make up base

파운데이션 pa.un.de.i.syo*n

粉底液 【外來語】foundation

아이라이너 a.i.ra.i.no*

眼線筆 【外來語】eye liner

마스카라 ma.seu.ka.ra

睫毛膏 【外來語】mascara

에센스 e.sen.seu

精華液 【外來語】essence

보톡스 bo.tok.sseu

玻尿酸 【外來語】Botox

보습제 bo.seup.jje

保濕液

스킨 seu.kin

化妝水 【外來語】skin

로션 ro.syo*n

乳液 【外來語】lotion

아이크림 a.i.keu.rim

眼霜 【外來語】–cream

주름개선아이크림 ju.reum.ge*.so*.na.i.keu.rim

除皺眼霜

립 케어 rip/ke.o*

護唇膏 【外來語】lip care

마스크 팩 ma.seu.keu/pe*k

面膜 【外來語】mask pack

모이스처 크림 mo.i.seu.cho*/keu.rim

保濕霜 【外來語】moisture cream

핸드크림 he*n.deu.keu.rim

護手霜 【外來語】hand cream

미백 마스크 mi.be*k/ma.seu.keu

美白面膜 【漢外】美白mask

각질제거제 gak.jjil.je.go*.je

去角質 【漢字】角質除去劑

바디클렌저 ba.di.keul.len.jo*

沐浴乳 【外來語】body cleanser

클렌징 오일 keul.len.jing/o.il

卸妝油 【外來語】cleansing oil

페이셜 클렌징 pe.i.syo*l/keul.len.jing

洗面乳 【外來語】facial cleansing

샴푸 syam.pu

洗髮精 【外來語】shampoo

린스 rin.seu

潤髮乳 【外來語】rinse

컨디셔너 ko*n.di.syo*.no*

護髮乳 【外來語】conditioner

헤어크림 he.o*.keu.rim

護髮油 【外來語】hair cream

포마드 po.ma.deu

髮油 【外來語】pomade

발모제 bal.mo.jje

生髮劑 【漢字】發毛劑

헤어염색약 he.o*.yo*m.se*.gyak

染髮劑 【外漢】hair染色藥

세숫비누 se.sut.bi.nu

香皂 【漢字】洗手--

눈썹칼 nun.sso*p.kal

修眉刀

면도칼 myo*n.do.kal

刮鬍刀 【漢字】面刀-

전기면도기 jo*n.gi.myo*n.do.gi

電動刮鬍刀 【漢字】電氣面刀器

면도크림 myo*n.do.keu.rim

刮鬍乳 【漢外】面刀cream

구강 청정제 gu.gang/cho*ng.jo*ng.je

漱口水 【漢字】口腔清淨劑

손톱깎이 son.top.ga.gi

指甲刀

손톱줄 son.top.jjul

指甲銼刀

매니큐어 me*.ni.kyu.o*

指甲油 【外來語】manicure

아세톤 a.se.ton

卸甲液 【外來語】acetone

빗 bit

梳子

생리대 se*ng.ni.de*

衛生棉 【漢字】生理帶

방취제 bang.chwi.je

芳香劑 【漢字】防臭劑

향수 hyang.su

香水 【漢字】香水

면봉 myo*n.bong

棉花棒 【漢字】綿棒

화장솜 hwa.jang.som

化妝棉 【漢字】化妝-

귀이개 gwi.i.ge*

耳挖

치실 chi.sil

牙線 【漢字】齒-

마스크 ma.seu.keu

口罩 【外來語】mask

電氣用品行

Track 106

가전제품 ga.jo*n.je.pum

家電 【漢字】家電製品

텔레비전 tel.le.bi.jo*n

電視機 【外來語】television

선풍기 so*n.pung.gi

電扇 【漢字】扇風機

에어컨 e.o*.ko*n

冷氣 【外來語】air conditioner

정수기 jo*ng.su.gi

飲水機 【漢字】淨水器

청소기 cho*ng.so.gi

吸塵器 【漢字】清掃機

가습기 ga.seup.gi

加濕器 【漢字】加濕器

건조기 go*n.jo.gi

烘乾機 【漢字】乾燥機

전기난로 jo*n.gi.nal.lo

電暖爐 【漢字】電氣暖爐

커피머신 ko*.pi.mo*.sin

咖啡機 【外來語】coffee machine

다리미 da.ri.mi

熨斗

세탁기 se.tak.gi

洗衣機 【漢字】洗濯機

빨래탈수기 bal.le*.tal.ssu.gi

洗衣脱水機 【漢字】--脫水機

제습기 je.seup.gi

除濕機 【漢字】除濕機

헤어드라이어 he.o*.deu.ra.i.o*

吹風機 【外來語】hair drier

재봉틀 je*.bong.teul

裁縫機 【漢字】裁縫-

토스트기 to.seu.teu.gi

烤麵包機 【外漢】toast機

식기 세척기 sik.gi/se.cho*k.gi

洗碗機 【漢字】食器洗滌機

3C量販店

컴퓨터 ko*m.pyu.to*

電腦 【外來語】computer

노트북 no.teu.buk

筆電 【外來語】notebook

데스크톱 de.seu.keu.top

桌上型電腦 【外來語】desktop

모니터 mo.ni.to*

顯示器、螢幕 【外來語】monitor

액정 스크린 e*k.jjo*ng/seu.keu.rin

液晶屏幕 【漢外】液晶screen

터치 스크린 to*.chi/seu.keu.rin

觸摸式屏幕 【外來語】touchscreen

프린터 peu.rin.to*

印表機 【外來語】printer

잉크 ing.keu

墨水 【外來語】ink

키보드 ki.bo.deu

鍵盤 【外來語】keyboard

마우스 ma.u.seu

滑鼠 【外來語】mouse

마우스 패드 ma.u.seu/pe*.deu

滑鼠墊 【外來語】mouse pad

스캐너 seu.ke*.no*

掃描機 【外來語】scanner

모뎀 mo.dem

數據機 【外來語】modem

음향 eum.hyang

音響 【漢字】音響

스피커 seu.pi.ko*

喇叭 【外來語】speaker

팩시밀리 pe*k.ssi.mil.li

傳真 【外來語】facsimile

DVD플레이어 dvd.peul.le.i.o*

DVD播放器 【外來語】DVD player

이어폰 i.o*.pon

耳機 【外來語】earphone

마이크 ma.i.keu

麥克風 【外來語】mike

충전기 chung.jo*n.gi

充電器 【漢字】充電器

카메라 ka.me.ra

相機 【外來語】camera

디지털 카메라 di.ji.to*l/ka.me.ra

數位相機 【外來語】digital camera

비디오 카메라 bi.di.o/ka.me.ra

攝影機 【外來語】video camera

워크맨 wo.keu.me*n

隨身聽 【外來語】walkman

메모리 카드 me.mo.ri/ka.deu

記憶卡 【外來語】memory card

메모리 카드 리더기 me.mo.ri/ka.deu/ri.do*.gi

讀卡機 【外來語】memory card reader

핸드폰 he*n.deu.pon

手機 【外來語】hand phone

전화기 jo*n.hwa.gi

電話 【漢字】電話機

녹음기 no.geum.gi

錄音機 【漢字】錄音器

전자사전 jo*n.ja.sa.jo*n

電子辭典 【漢字】電子辭典

家具店

침구 chim.gu

寢具 【漢字】寢具

가구 ga.gu

家具 【漢字】家具

식탁 sik.tak

餐桌 【漢字】食卓

책상 che*k.ssang

書桌 【漢字】冊床

의자 ui.ja

椅子 【漢字】椅子

장식장 jang.sik.jjang

裝飾櫃 【漢字】裝飾欌

흔들의자 heun.deu.rui.ja

搖椅 【漢字】--椅子

장의자 jang.ui.ja

長椅子 【漢字】長椅子

접의자 jo*.bui.ja

摺疊椅 【漢字】-椅子

안락의자 al.la.gui.ja

扶手椅 【漢字】安樂椅子

소파 so.pa

沙發 【外來語】sofa

저장함 jo*.jang.ham

儲藏櫃 【漢字】貯藏-

화장대 hwa.jang.de*

化妝台 【漢字】化粧臺

책장 che*k.jjang

書櫃 【漢字】冊欌

거실장 go*.sil.jang

電視櫃 【漢字】居室欌

어항 o*.hang

魚缸 【漢字】魚缸

찻상 chat.ssang

茶桌、茶盤 【漢字】茶床

블라인드 beul.la.in.deu

百葉窗 【外來語】blind

난간 nan.gan

扶手 【漢字】欄杆

손잡이 son.ja.bi

把手

미닫이문 mi.da.ji.mun

推拉門 【漢字】---門

옷장 ot.jjang

衣櫃 【漢字】-欌

식기장 sik.gi.jang

碗櫥 【漢字】食器欌

책꽂이 che*k.go.ji

書架 【漢字】冊--

장식품 jang.sik.pum

裝飾品 【漢字】裝飾品

펜던트등 pen.do*n.teu.deung

吊燈 【外漢】pendant燈

컴퓨터 데스크 ko*m.pyu.to*/de.seu.keu

電腦桌 【外來語】computer desk

文具店

연필 yo*n.pil

鉛筆 【漢字】鉛筆

종이 jong.i

紙

샤프펜슬 sya.peu.pen.seul

自動鉛筆 【外來語】sharp pencil

색연필 se*ng.nyo*n.pil

色鉛筆 【漢字】色鉛筆

필통 pil.tong

鉛筆盒 【漢字】筆筒

책받침 che*k.bat.chim

墊板 【漢字】冊--

형광펜 hyo*ng.gwang.pen

螢光筆 【漢外】螢光pen

샤프심 sya.peu.sim

筆芯 【外漢】sharp心

마커펜 ma.ko*.pen

麥克筆 【外來語】marker pen

노트 no.teu

筆記本 【外來語】note

공책 gong.che*k

筆記本 【漢字】空冊

일기장 il.gi.jang

日記本 【漢字】日記帳

명함첩 myo*ng.ham.cho*p

名片簿 【漢字】名銜-

전화번호부 jo*n.hwa.bo*n.ho.bu

電話簿 【漢字】電話番號簿

연하장 yo*n.ha.jang

賀年卡 【漢字】年賀狀

수첩 su.cho*p

手冊 【漢字】手帖

엽서 yo*p.sso*

明信片 【漢字】葉書

스티커 seu.ti.ko*

貼紙 【外來語】sticker

메모지 me.mo.ji

便條紙 【外漢】memo紙

포스터 po.seu.to*

海報 【外來語】poster

책갈피 che*k.gal.pi

書籤 【漢字】冊--

만년필 man.nyo*n.pil

鋼筆 【漢字】萬年筆

볼펜 bol.pen

原子筆 【外來語】ball pen

지우개 ji.u.ge*

橡皮擦

가위 ga.wi

剪刀

붓 but

毛筆

벼루 byo*.ru

硯台

선지 so*n.ji

宣紙 【漢字】宣紙

풀 pul

膠水

양면 테이프 yang.myo*n/te.i.peu

雙面膠 【漢外】兩面tape

순간접착제 sun.gan.jo*p.chak.jje

三秒膠 【漢字】瞬間接著劑

접착제 jo*p.chak.jje

黏著劑 【漢字】接着劑

크레용 keu.re.yong

蠟筆 【外來語】crayon

연필깎이 yo*n.pil.ga.gi

削鉛筆機 【漢字】鉛筆--

클립 keul.lip

迴紋針 【外來語】clip

집게 jip.ge

夾子

고무 밴드 go.mu/be*n.deu

橡皮筋

봉투 bong.tu

信封 【漢字】封套

편지지 pyo*n.ji.ji

信紙 【漢字】便紙紙

자 ja

尺

삼각자 sam.gak.jja

三角尺 【漢字】三角-

철자 cho*l.ja

鐵尺 【漢字】鐵-

각도기 gak.do.gi

量角器 【漢字】角度器

컴퍼스 ko*m.po*.seu

圓規 【外來語】compass

계산기 gye.san.gi

計算機 【漢字】計算機

커터칼 ko*.to*.kal

美工刀 【外來語】cutter-

테이프 te.i.peu

膠帶 【外來語】tape

이력 i.ryo*k

履歷 【漢字】履歷

서류가방 so*.ryu.ga.bang

公文包 【漢字】書類--

펀치 po*n.chi

打孔器 【外來語】punch

잉크 ing.keu

墨水 【外來語】ink

색종이 se*k.jjong.i

色紙 【漢字】色--

도화지 do.hwa.ji

圖畫紙 【漢字】圖畫紙

수채화 물감 su.che*.hwa/mul.gam

水彩顏料 【漢字】水彩畫--

포장지 po.jang.ji

包裝紙 【漢字】包裝紙

일력 il.lyo*k

日曆 【漢字】日歷

납작못 nap.jjang.mot

圖釘

수정액 su.jo*ng.e*k

立可白 【漢字】修正液

호치키스 ho.chi.ki.seu

釘書機 【外來語】Hotchkiss

호치키스 바늘 ho.chi.ki.seu/ba.neul

釘書針

자석 ja.so*k

磁鐵 【漢字】磁石

도장 do.jang

印章 【漢字】圖章

인주 in.ju

印泥 【漢字】印朱

주판 ju.pan

算盤 【漢字】珠板

저금통 jo*.geum.tong

存錢筒 【漢字】貯金筒

화이트보드 hwa.i.teu.bo.deu

白板 【外來語】white board

五金行

Track 118

트랜스 teu.re*n.seu

變壓器 【外來語】trans

삽 sap

鏟子 【漢字】-鍤

모종삽 mo.jong.sap

花鏟 【漢字】-鍤

렌치 ren.chi

扳手 【外來語】wrench

펜치 ren.chi

老虎鉗

전구 jo*n.gu

燈泡 【漢字】電球

형광등 hyo*ng.gwang.deung

日光燈 【漢字】螢光燈

플러그 peul.lo*.geu

插頭 【外來語】plug

콘센트 kon.sen.teu

插座 【外來語】concent

배터리 be*.to*.ri

電池 【外來語】battery

전선 jo*n.so*n

電線

배관 be*.gwan

管線 【漢字】配管

기구 gi.gu

用具 【漢字】器具

공구 gong.gu

工具 【漢字】工具

공구통 gong.gu.tong

工具箱 【漢字】工具桶

줄자 jul.ja

捲尺

손전등 son.jo*n.deung

手電筒 【漢字】-電燈

롤러 rol.lo*

滾筒、滾軸 【外來語】roller

벽지 byo*k.jji

壁紙 【漢字】壁紙

철물점 cho*l.mul.jo*m

五金行 【漢字】鐵物店

페인트 pe.in.teu

油漆 【外來語】paint

브러시 beu.ro*.si

油漆刷 【外來語】brush

샌드페이퍼 se*n.deu.pe.i.po*

砂紙 【外來語】sandpaper

망치 mang.chi

鐵鎚

못 mot

釘子

톱 top

鋸子

나사 na.sa

螺絲 【漢字】螺絲

너트 no*.teu

螺絲帽 【外來語】nut

볼트 bol.teu

螺絲釘 【外來語】bolt

일자드라이버 il.ja.deu.ra.i.bo*

一字螺絲刀 【漢外】一字driver

십자드라이버 sip.jja.deu.ra.i.bo*

十字螺絲刀 【漢外】十字driver

드라이버 deu.ra.i.bo*

螺絲起子 【外來語】driver

끌 geul

鑿刀

드릴 deu.ril

鑽頭 【外來語】drill

도끼 do.gi

斧頭

대패 de*.pe*

刨子 【漢字】推刨

철사 cho*l.sa

鐵絲 【漢字】鐵絲

사다리 sa.da.ri

梯子

절연테이프 jo*.ryo*n.te.i.peu

絕緣膠布 【漢外】絕緣tape

강력 접착제 gang.nyo*k/jo*p.chak.jje

強力膠 【漢字】強力接著劑

벽돌 byo*k.dol

磚塊 【漢字】甓-

麵包店

빵 bang

麵包

과자 gwa.ja

點心 【漢字】菓子

식빵 sik.bang

吐司 【漢字】食-

프랑스빵 peu.rang.seu.bang

法國麵包 【外來語】France-

크루아상 keu.ru.a.sang

牛角麵包 【外來語】croissant

마늘빵 ma.neul.bang

大蒜麵包

크림빵 keu.rim.bang

奶油麵包 【外來語】cream-

팥빵 pat.bang

紅豆麵包

곰보빵 gom.bo.bang

波羅麵包

케이크 ke.i.keu

蛋糕 【外來語】cake

카스텔라 ka.seu.tel.la

蜂蜜蛋糕 【外來語】castella

바움쿠헨 ba.um.ku.hen

年輪蛋糕 【外來語】Baumkuchen

롤케이크 rol.ke.i.keu

蛋糕捲 【外來語】roll cake

핫케이크 hat.ke.i.keu

熱蛋糕 【外來語】hot cake

컵케이크 ko*p.ke.i.keu

杯子蛋糕 【外來語】cupcake

티라미수 ti.ra.mi.su

提拉米蘇

슈크림 syu.keu.rim

泡芙 【外來語】–cream

파이 pa.i

派 【外來語】pie

도넛 do.no*t

甜甜圈 【外來語】doughnut

에그 타르트 e.geu/ta.reu.teu

蛋塔 【外來語】Egg tart

찹쌀떡 chap.ssal.do*k

糯米糕

팥떡 pat.do*k

紅豆糕

한과 han.gwa

漢菓 【漢字】漢菓

居酒屋、酒吧

술집 sul.jip

居酒屋

바 ba

酒吧 【外來語】bar

나이트클럽 na.i.teu.keul.lo*p

夜店 【外來語】nightclub

포장마차 po.jang.ma.cha

路邊攤 【漢字】布帳馬車

맥주 me*k.jju

啤酒 【漢字】麥酒

소주 so.ju

燒酒 【漢字】燒酒

와인 wa.in

紅酒 【外來語】 wine

생맥주 se*ng.me*k.jju

生啤酒 【漢字】 生麥酒

위스키 wi.seu.ki

威士忌 【外來語】 whiskey

브랜디 beu.re*n.di

白蘭地 【外來語】 brandy

양주 yang.ju

洋酒 【漢字】 洋酒

샴페인 syam.pe.in

香檳 【外來語】 champagne

칵테일 kak.te.il

雞尾酒 【外來語】 cocktail

과실주 gwa.sil.ju

水果酒 【漢字】 果實酒

막걸리 mak.go*l.li

米酒

청주 cho*ng.ju

清酒 【漢字】 清酒

흑맥주 heung.me*k.jju

黑啤酒 【漢字】 黑麥酒

캔맥주 ke*n.me*k.jju

罐裝啤酒 【外漢】 can麥酒

꼬냑 go.nyak

科涅克白蘭地 【外來語】 cognac

인삼주 in.sam.ju

人蔘酒 【漢字】 人蔘酒

보드카 bo.deu.ka

伏特加 【外來語】 vodka

일본소주 il.bon.so.ju

日本燒酒 【漢字】 日本燒酒

청도맥주 cho*ng.do.me*k.jju

青島啤酒

고량주 go.ryang.ju

高粱酒 【漢字】 高粱酒

매실주 me*.sil.ju

梅酒 【漢字】 梅實酒

술안주 su.ran.ju

下酒小菜 【漢字】 -按酒

路邊小吃

떡볶이 do*k.bo.gi

辣炒年糕

찐빵 jjin.bang

蒸包子

김밥 gim.bap

紫菜飯捲

우동 u.dong

烏龍麵

부침개 bu.chim.ge*

煎餅

순대 sun.de*

黑大腸

오뎅 o.deng

黑輪、關東煮

튀김 twi.gim

炸物

붕어빵 bung.o*.bang

鯛魚燒

계란빵 gye.ran.bang

雞蛋糕 【漢字】 雞卵-

호떡 ho.do*k

黑糖餅 【漢字】 胡-

쥐포 jwi.po

魚乾 【漢字】 -脯

와플 wa.peul

鬆餅 【外來語】 waffle

닭꼬치 dak.go.chi

雞肉串

왕만두 wang.man.du

包子 【漢字】 王饅頭

군고구마 gun.go.gu.ma

烤地瓜

양꼬치구이 yang.go.chi.gu.i

烤羊肉串

군밤 gun.bam

糖炒栗子

뽑기 bop.gi

焦糖餅

감자핫도그 gam.ja.hat.do.geu

薯條熱狗 【外來語】 --hot dog

번데기 bo*n.de.gi

蠶蛹

잔치국수 jan.chi.guk.ssu

宴會麵

라볶이 ra.bo.gi

拉麵辣炒年糕

쫄면 jjol.myo*n

韓式Q冷麵 【漢字】 -麪

핫바 hat.ba

魚漿條

회오리감자 hwe.o.ri.gam.ja

旋風土豆

各類商店

Track 128

상점 sang.jo*m

商店 【漢字】商店

가게 ga.ge

店家、商店

매점 me*.jo*m

小賣店 【漢字】賣店

편의점 pyo*.nui.jo*m

便利商店 【漢字】便宜店

슈퍼마켓 syu.po*.ma.ket

超級市場 【外來語】supermarket

면세점 myo*n.se.jo*m

免稅店 【漢字】免稅店

도매점 do.me*.jo*m

批發商店 【漢字】都賣店

소매점 so.me*.jo*m

零售商店 【漢字】小賣店

양품점 yang.pum.jo*m

進口商品店 【漢字】洋品店

골동품점 gol.dong.pum.jo*m

古董店 【漢字】骨董品店

정육점 jo*ng.yuk.jjo*m

肉品店 【漢字】精肉店

빵집 bang.jip

麵包店

꽃집 got.jjip

花店

시계점 si.gye.jo*m

鐘錶行 【漢字】 時計店

문구점 jo*ng.yuk.jjo*m

文具店 【漢字】 文具店

세탁소 se.tak.sso

洗衣店 【漢字】 洗濯所

옷가게 ot.ga.ge

服飾店

완구점 wan.gu.jo*m

玩具店 【漢字】 玩具店

체인점 che.in.jo*m

連鎖店 【外漢】 chain店

전문점 jo*n.mun.jo*m

專賣店 【漢字】 專門店

백화점 be*.kwa.jo*m

百貨公司 【漢字】 百貨店

쇼핑몰 syo.ping.mol

購物中心 【外來語】 shopping mall

벼룩시장 byo*.ruk.ssi.jang

跳蚤市場 【漢字】 --市場

지하상가 ji.ha.sang.ga

地下街 【漢字】 地下商街

노점 no.jo*m

攤販 【漢字】 露店

특산물 가게 teuk.ssan.mul/ga.ge

名產專賣店 【漢字】 特產物--

在百貨公司

층별안내 cheung.byo*.ran.ne*

樓層簡介 【漢字】 --案內

지하일층 ji.ha.il.cheung

地下一樓 【漢字】 地下一層

이층 i.cheung

二樓 【漢字】 二層

아동의류 a.dong.ui.ryu

兒童衣類 【漢字】 兒童衣類

여성의류 yo*.so*ng.ui.ryu

女性衣類 【漢字】 女性衣類

남성의류 nam.so*ng.ui.ryu

男性衣類 【漢字】 男性衣類

스포츠웨어 seu.po.cheu.we.o*

體育服飾類 【外來語】 sportswear

스포츠 용품 seu.po.cheu/yong.pum

體育用品 【外漢】 sports用品

침구코너 chim.gu.ko.no*

寢具區 【漢外】 寢具corner

식당가 sik.dang.ga

餐廳區 【漢字】 食堂街

여성정장 yo*.so*ng.jo*ng.jang

女性套裝 【漢字】 女性正裝

남성정장 nam.so*ng.jo*ng.jang

男性西裝 【漢字】 男性正裝

미씨캐주얼 mi.ssi.ke*.ju.o*l

女性休閒服

영캐주얼 yo*ng.ke*.ju.o*l

少年休閒服 【外來語】 young casual

이벤트 홀 i.ben.teu/hol

活動大廳 【外來語】 event hall

패션잡화 pe*.syo*n.ja.pwa

流行雜貨 【外漢】 fashion雜貨

식품관 sik.pum.gwan

食品館 【漢字】 食品館

생활용품 se*ng.hwal.yong.pum

生活用品 【漢字】 生活用品

고객 쉼터 go.ge*k/swim.to*

顧客休息區 【漢字】 顧客--

안내 데스크 an.ne*/de.seu.keu

服務台 【漢外】 案內desk

마트 ma.teu

超市 【外來語】 mart

안내방송 an.ne*.bang.song

廣播 【漢字】 案內放送

영업시간 yo*ng.o*p.ssi.gan

營業時間 【漢字】 營業時間

주차장 ju.cha.jang

停車場 【漢字】 駐車場

엘리베이터 el.li.be.i.to*

電梯 【外來語】 elevator

에스컬레이터 e.seu.ko*l.le.i.to*

電扶梯 【外來語】 escalator

샘플 se*m.peul

樣品 【外來語】 sample

세일 기간 se.il/gi.gan

特價期間 【外漢】 sale期間

인기상품 in.gi.sang.pum

人氣商品 【漢字】 人氣商品

매장 me*.jang

賣場 【漢字】 賣場

신제품 sin.je.pum

新產品 【漢字】 新製品

디자인 di.ja.in

設計 【外來語】 design

고객 go.ge*k

顧客 【漢字】 顧客

점원 jo*.mwon

店員 【漢字】 店員

현금 hyo*n.geum

現金 【漢字】 現金

신용카드 si.nyong.ka.deu

信用卡 【漢外】 信用card

특가 teuk.ga

特價 【漢字】 特價

쿠폰 ku.pon

禮卷 【外來語】 coupon

할부 hal.bu

分期付款 【漢字】 割賦

일시불 il.si.bul

一次付清 【漢字】 一時拂

단골 dan.gol

常客

창고 chang.go

倉庫 【漢字】 倉庫

가격 ga.gyo*k

價格 【漢字】 價格

정가 jo*ng.ga

定價 【漢字】 定價

특가품 teuk.ga.pum

特價品 【漢字】 特價品

선물 so*n.mul

禮物 【漢字】 膳物

바코드 ba.ko.deu

條碼 【外來語】 bar code

영수증 yo*ng.su.jeung

收據 【漢字】 領收證

포인트 po.in.teu

點數 【外來語】 point

거스름돈 go*.seu.reum.don

找零的錢

세금 포함 se.geum/po.ham

含稅 【漢字】 稅金包含

세금 별도 se.geum/byo*l.do

不含稅 【漢字】 稅金別途

在書局

서적 so*.jo*k

書籍 【漢字】 書籍

신문 sin.mun

報紙 【漢字】 新聞

소설책 so.so*l.che*k

小說 【漢字】 小說冊

잡지 jap.jji

雜誌 【漢字】 雜誌

만화책 man.hwa.che*k

漫畫書 【漢字】漫畫冊

그림책 geu.rim.che*k

繪本 【漢字】--冊

시집 si.jip

詩集 【漢字】詩集

사전 sa.jo*n

字典 【漢字】辭典

교과서 gyo.gwa.so*

教科書 【漢字】教科書

동화책 dong.hwa.che*k

童書 【漢字】童話冊

전문서적 jo*n.mun.so*.jo*k

專業書籍 【漢字】專門書籍

여행서 yo*.he*ng.so*

旅遊書 【漢字】旅行書

백과사전 be*k.gwa.sa.jo*n

百科全書 【漢字】百科事典

베스트 셀러 be.seu.teu/sel.lo*

暢銷書 【外來語】best seller

패션 잡지 pe*.syo*n/jap.jji

時裝雜誌 【外漢】fashion雜誌

화보집 hwa.bo.jip

寫真書 【漢字】畫報集

성서 so*ng.so*

聖經 【漢字】 聖書

불경 bul.gyo*ng

佛經 【漢字】 佛經

주간지 ju.gan.ji

周刊 【漢字】 週刊誌

계간지 gye.gan.ji

季刊 【漢字】 季刊誌

역사책 yo*k.ssa.che*k

史書 【漢字】 歷史冊

수필집 su.pil.jip

隨筆集 【漢字】 隨筆集

산문집 su.pil.jip

散文集 【漢字】 散文集

전기 jo*n.gi

傳記 【漢字】 傳記

연감 yo*n.gam

年鑑 【漢字】 年鑑

도감 do.gam

圖鑑 【漢字】 圖鑑

하드커버 ha.deu.ko*.bo*

精裝本 【外來語】 hard-cover

장르 jang.neu

體裁 【外來語】 genre

문학 mun.hak

文學 【漢字】 文學

과학 gwa.hak

科學 【漢字】 科學

예술 ye.sul

藝術 【漢字】 藝術

생활 se*ng.hwal

生活 【漢字】 生活

사회 sa.hwe

社會 【漢字】 社會

고전 go.jo*n

古典 【漢字】 古典

현대 hyo*n.de*

現代 【漢字】 現代

기록 gi.rok

記錄 【漢字】 記錄

출판사 chul.pan.sa

出版社 【漢字】 出版社

출판권 chul.pan.gwon

出版權 【漢字】 出版權

작가 jak.ga

作家 【漢字】 作家

저자 jo*.ja

著者 【漢字】 著者

역자 yo*k.jja

譯者 【漢字】 譯者

독자 dok.jja

讀者 【漢字】 讀者

표지 pyo.ji

封面 【漢字】 表紙

목록 mong.nok

目錄 【漢字】 目錄

부록 bu.rok

附錄 【漢字】 附錄

서문 so*.mun

序言 【漢字】 序文

본문 bon.mun

本文 【漢字】 本文

차례 cha.rye

目次 【漢字】 次例

각주 gak.jju

附註 【漢字】 腳注

찾아보기 cha.ja.bo.gi

索引

페이지 pe.i.ji

頁碼 【外來語】 page

在服飾店

의복 ui.bok

衣服 【漢字】 衣服

복식 bok.ssik

服飾 【漢字】 服飾

옷 ot

衣服

아동복 a.dong.bok

童裝 【漢字】 兒童服

남성복 nam.so*ng.bok

男裝 【漢字】 男性服

여성복 yo*.so*ng.bok

女裝 【漢字】 女性服

숙녀복 sung.nyo*.bok

淑女裝 【漢字】 淑女服

임신복 im.sin.bok

孕婦裝 【漢字】 妊娠服

임부복 im.bu.bok

孕婦裝 【漢字】 妊婦服

유아복 yu.a.bok

幼兒服 【漢字】 乳兒服

셔츠 syo*.cheu

襯衫 【外來語】 shirt

와이셔츠 wa.i.syo*.cheu

白襯衫 【外來語】 white shirts

체크무늬 셔츠 che.keu.mu.ni/syo*.cheu

格紋襯衫 【外來語】 check--

폴로셔츠 pol.lo.syo*.cheu

POLO衫 【外來語】 polo shirts

티셔츠 ti.syo*.cheu

T恤 【外來語】 T-shirts

카디건 ka.di.go*n

羊毛衣 【外來語】 cardigan

오리털 파카 o.ri.to*l/pa.ka

羽絨外套 【外來語】 ---parka

스웨터 seu.we.to*

毛衣 【外來語】 sweater

조끼 jo.gi

背心

외투 we.tu

外套 【漢字】 外套

코트 ko.teu

大衣外套 【外來語】 coat

캐주얼 ke*.ju.o*l

休閒服 【外來語】 casual

망토 mang.to

披肩 【外來語】 manteau

트렌치 코트 teu.ren.chi/ko.teu

風衣外套 【外來語】 trench coat

커플룩 ko*.peul.luk

情侶裝 【外來語】 couple-

커플티 ko*.peul.ti

情侶T恤 【外來語】 couple-

쟈켓 jya.ket

夾克 【外來語】 jacket

후드티 hu.deu.ti

連帽厚T

바지 ba.ji

褲子

치마 chi.ma

裙子

반바지 ban.ba.ji

短褲 【漢字】 半--

긴바지 gin.ba.ji

長褲

청바지 cho*ng.ba.ji

牛仔褲 【漢字】 青--

미니스커트 mi.ni.seu.ko*.teu

迷你裙 【外來語】 miniskirt

주름치마 ju.reum.chi.ma

百褶裙

원피스 won.pi.seu

連身洋裝 【外來語】 one-piece

긴치마 gin.chi.ma

長裙

짧은치마 jjal.beun.chi.ma

短裙

타이트스커트 ta.i.teu.seu.ko*.teu

窄裙 【外來語】 tight skirt

나팔바지 na.pal.ba.ji

喇叭褲 【漢字】 喇叭--

치마바지 chi.ma.ba.ji

褲裙

멜빵치마 mel.bang.chi.ma

吊帶裙

在內衣店

속옷 so.got

內衣

내복 ne*.bok

保暖內衣 【漢字】 內服

브래지어 beu.re*.ji.o*

胸罩 【外來語】 brassiere

캐미솔 ke*.mi.sol

背心式內心 【外來語】 camisole

팬티 pe*n.ti

內褲 【外來語】 panties

사각팬티 sa.gak.pe*n.ti

四角內褲 【漢外】 四角panties

삼각팬티 sam.gak.pe*n.ti

三角內褲 【漢外】 三角panties

목욕 가운 mo.gyok/ga.un

浴衣 【漢外】 沐浴gown

잠옷 ja.mot

睡衣

파자마 pa.ja.ma

兩件式睡衣 【外來語】 pajamas

다이어트속옷 da.i.o*.teu.so.got

塑身衣 【外來語】 diet--

在特殊服飾店

드레스 deu.re.seu

晚禮服 【外來語】 dress

턱시도 to*k.ssi.do

男性晚禮服 【外來語】 tuxedo

웨딩드레스 we.ding.deu.re.seu

婚紗 【外來語】 Wedding dress

혼례복 hol.lye.bok

婚禮服 【漢字】 婚禮服

이브닝드레스 i.beu.ning.deu.re.seu

宴會禮服 【外來語】 evening dress

양복 yang.bok

西裝 【漢字】 洋服

치파오 chi.pa.o

旗袍

기모노 gi.mo.no

和服

유카타 yu.ka.ta

日本浴衣

한복 han.bok

韓服 【漢字】 韓服

두루마기 du.ru.ma.gi

韓服外衣

衣服材質、款式

옷감 ot.gam

衣料

면 myo*n

棉 【漢字】 綿

섬유 so*.myu

纖維 【漢字】 纖維

나일론 na.il.lon

尼龍 【外來語】 nylon

아마포 a.ma.po

亞麻布 【漢字】 亞麻布

양털 yang.to*l

羊毛 【漢字】 羊-

울 ul

羊毛料 【外來語】 wool

가죽 ga.juk

皮革

실크 sil.keu

絲 【外來語】 silk

방수 bang.su

防水 【漢字】 防水

방풍 bang.pung

防風 【漢字】 防風

반팔 ban.pal

短袖 【漢字】 半-

긴팔 gin.pal

長袖

민소매 min.so.me*

無袖

주머니 ju.mo*.ni

口袋

스타일 seu.ta.il

款式 【外來語】 style

문양 mu.nyang

花樣 【漢字】 文樣

색깔 se*k.gal

顏色 【漢字】 色-

사이즈 sa.i.jeu

尺寸 【外來語】 size

크기 keu.gi

大小

길이 gi.ri

長度

가슴둘레 ga.seum.dul.le

胸圍

허리둘레 ho*.ri.dul.le

腰圍

엉덩이둘레 o*ng.do*ng.i.dul.le

臀圍

在鞋店

신 sin

鞋子

신발 sin.bal

鞋子

구두 gu.du

皮鞋

슬리퍼 seul.li.po*

拖鞋 【外來語】 slipper

샌들 se*n.deul

涼鞋 【外來語】 sandal

부츠 bu.cheu

靴子 【外來語】 boots

롱부츠 rong.bu.cheu

長筒靴 【外來語】 long boots

헝겊신 ho*ng.go*p.ssin

布鞋

방한화 bang.han.hwa

防寒靴 【漢字】 防寒靴

하이힐 ha.i.hil

高跟鞋 【外來語】 high heeled

로힐 ro.hil

低跟鞋 【外來語】 low heeled

중힐 jung.hil

中跟鞋

굽 gup

鞋跟

구두깔개 gu.du.gal.ge*

鞋墊

구두약 gu.du.yak

鞋油

신발 밑바닥 sin.bal/mit.ba.dak

鞋底

구두끈 gu.du.geun

鞋帶

구둣주걱 gu.dut.jju.go*k

鞋拔子

구둣솔 gu.dut.ssol

鞋刷

발사이즈 gu.dut.ssol

鞋子尺寸 【外來語】 –size

켤레 kyo*l.le

(一)雙

在飾品店

액세서리 e*k.sse.so*.ri

飾品 【外來語】 accessory

반지 ban.ji

戒指 【漢字】 半指

목걸이 mok.go*.ri

項鍊

귀걸이 gwi.go*.ri

耳環

넥타이핀 nek.ta.i.pin

領帶夾 【外來語】 necktie pin

브로치 beu.ro.chi

胸針 【外來語】 brooch

코걸이 ko.go*.ri

鼻環

뱅글 be*ng.geul

手鐲 【外來語】 bangle

펜던트 pen.do*n.teu

鍊墜 【外來語】 pendant

팔찌 pal.jji

手鍊

발찌 bal.jji

腳鍊

在髮飾店

헤어 밴드 he.o*/be*n.deu

髮帶 【外來語】 hair-band

머리띠 mo*.ri.di

髮箍

헤어 슈슈 he.o*/syu.syu

髮圈

헤어핀 he.o*.pin

髮夾 【外來語】 hairpin

집게핀 jip.ge.pin

爪夾

머리끈 mo*.ri.geun

髮圈

리본머리끈 ri.bon.mo*.ri.geun

蝴蝶結髮圈 【外來語】 ribbon---

올림머리핀 ol.lim.mo*.ri.pin

盤髮器

머리망 mo*.ri.mang

髮網 【漢字】 --網

실핀 sil.pin

一字夾

똑딱핀 dok.dak.pin

反折髮夾

가발 ga.bal

假髮 【漢字】 假髮

在配件店

모자 mo.ja

帽子 【漢字】 帽子

밀짚모자 mil.jim.mo.ja

草帽 【漢字】 --帽子

야구모자 ya.gu.mo.ja

棒球帽 【漢字】 野球帽子

목도리 mok.do.ri

圍巾

넥타이 nek.ta.i

領帶 【外來語】 necktie

허리띠 ho*.ri.di

皮帶

장갑 jang.gap

手套 【漢字】掌匣

손수건 son.su.go*n

手帕 【漢字】-手巾

스카프 seu.ka.peu

絲巾 【外來語】scarf

양말 yang. mal

襪子 【漢字】洋襪

짧은양말 jjal.beu.nyang.mal

短襪 【漢字】--洋襪

긴양말 gi.nyang.mal

長襪 【漢字】-洋襪

스타킹 seu.ta.king

絲襪 【外來語】stocking

타이츠 ta.i.cheu

緊身襪 【外來語】tights

레인코트 re.in.ko.teu

雨衣 【外來語】raincoat

비옷 bi.ot

雨衣

장화 jang.hwa

雨鞋 【漢字】長靴

지퍼 ji.po*

拉鏈 【外來語】 zipper

단추 dan.chu

鈕扣

在皮包店

가방 ga.bang

包包

지갑 ji.gap

皮夾 【漢字】 紙匣

책가방 che*k.ga.bang

書包 【漢字】 冊--

손가방 son.ga.bang

手提包

여행가방 yo*.he*ng.ga.bang

旅行包 【漢字】 旅行--

배낭 be*.nang

背包 【漢字】 背囊

백팩 be*k.pe*k

後背包 【外來語】 backpack

핸드백 he*n.deu.be*k

手提包 【外來語】 handbag

파우치 pa.u.chi

化妝包 【外來語】 pouch

솔더백 syol.do*.be*k

側背包 【外來語】 shoulder bag

토트백 to.teu.be*k

托特包 【外來語】 tote bag

보스턴백 bo.seu.to*n.be*k

波斯頓包 【外來語】 Boston bag

슈트 케이스 syu.teu/ke.i.seu

小型旅行箱 【外來語】 suitcase

명품 가방 myo*ng.pum/ga.bang

名牌包 【漢字】 名品--

在運動用品店

운동복 un.dong.bok

運動服 【漢字】 運動服

운동화 un.dong.hwa

運動鞋 【漢字】 運動靴

수영복 su.yo*ng.bok

泳裝 【漢字】 水泳服

수영모자 su.yo*ng.mo.ja

泳帽 【漢字】 水泳帽子

물안경 mu.ran.gyo*ng

蛙鏡 【漢字】 -眼鏡

등산복 deung.san.bok

登山服 【漢字】 登山服

등산배낭 deung.san.be*.nang

登山包 【漢字】登山背囊

등산모자 deung.san.mo.ja

登山帽 【漢字】登山帽子

등산화 deung.san.hwa

登山鞋 【漢字】登山靴

조깅화 jo.ging.hwa

慢跑鞋 【外漢】jogging靴

스키복 seu.ki.bok

滑雪服 【外漢】ski服

스키부츠 seu.ki.bu.cheu

滑雪鞋 【外來語】ski boots

스키보드 seu.ki.bo.deu

滑雪板 【外來語】ski board

스키장비 seu.ki.jang.bi

滑雪裝備 【外漢】ski裝備

스키고글 seu.ki.go.geul

滑雪護目鏡 【外來語】ski goggles

스키모자 seu.ki.mo.ja

滑雪帽 【外漢】ski帽子

야구공 ya.gu.gong

棒球 【漢字】野球-

배트 be*.teu

球棒 【外來語】bat

글러브 geul.lo*.beu

棒球手套 【外來語】 glove

골프공 gol.peu.gong

高爾夫球 【外來語】 golf-

골프채 gol.peu.che*

高爾夫球杆 【外來語】 golf-

골프장갑 gol.peu.jang.gap

高爾夫手套 【外漢】 golf 掌匣

골프백 gol.peu.be*k

高爾夫包 【外來語】 golf bag

골프화 gol.peu.hwa

高爾夫鞋 【外漢】 golf靴

농구공 nong.gu.gong

籃球 【漢字】 籠球-

축구공 chuk.gu.gong

足球 【漢字】 蹴球-

배구공 be*.gu.gong

排球 【漢字】 排球-

테니스공 te.ni.seu.gong

網球 【外來語】 tennis-

네트 ne.teu

球網 【外來語】 net

테니스라켓 te.ni.seu.ra.ke

網球拍 【外來語】 tennis racket

배드민턴공 be*.deu.min.to*n.gong

羽毛球 【外來語】 badminton-

배드민턴라켓 be*.deu.min.to*l.la.ket

羽毛球拍 【外來語】 badminton racket

탁구공 tak.gu.gong

桌球 【漢字】 卓球-

탁구라켓 tak.gu.ra.ket

桌球拍 【漢外】 卓球racket

당구공 dang.gu.gong

撞球 【漢字】 撞球-

당구큐 dang.gu.kyu

撞球杆 【漢外】 撞球cue

볼링공 bol.ling.gong

保齡球 【外來語】 bowling-

망원경 mang.won.gyo*ng

望遠鏡 【漢字】 望遠鏡

在金銀珠寶店

보석점 bo.so*k.jjo*m

珠寶店 【漢字】 寶石店

금 geum

黃金 【漢字】 金

은 eun

銀 【漢字】 銀

캐럿 ke*.ro*t

K金 【外來語】 carat

백금 be*k.geum

白金 【漢字】 白金

도금 do.geum

鍍金 【漢字】 鍍金

순금 sun.geum

純金 【漢字】 純金

금괴 geum.gwe

金塊 【漢字】 金塊

순은 su.neun

純銀 【漢字】 純銀

합금 hap.geum

合金 【漢字】 合金

다이아몬드 da.i.a.mon.deu

鑽石 【外來語】 diamond

보석 bo.so*k

寶石 【漢字】 寶石

수정 su.jo*ng

水晶 【漢字】 水晶

자수정 ja.su.jo*ng

紫水晶 【漢字】 紫水晶

루비 ru.bi

紅寶石 【外來語】 ruby

석류석 so*ng.nyu.so*k

石榴石 【漢字】 石榴石

청옥 cho*ng.ok

藍寶石 【漢字】 青玉

황옥 cho*ng.ok

黃寶石 【漢字】 黃玉

인조 보석 in.jo/bo.so*k

人造寶石 【漢字】 人造寶石

호박 ho.bak

琥珀 【漢字】 琥珀

비취 bi.chwi

翡翠 【漢字】 翡翠

경옥 gyo*ng.ok

硬玉 【漢字】 硬玉

옥 ok

玉 【漢字】 玉

벽옥 byo*.gok

翠玉 【漢字】 碧玉

에메랄드 e.me.ral.deu

綠寶石 【外來語】 emerald

묘안석 myo.an.so*k

貓眼石 【漢字】 貓眼石

진주 jin.ju

珍珠 【漢字】 珍珠

在樂器用品店

Track 159

악기 ak.gi

樂器 【漢字】 樂器

바이올린 ba.i.ol.lin

小提琴 【外來語】 violin

비올라 bi.ol.la

中提琴 【外來語】 viola

첼로 chel.lo

大提琴 【外來語】 cello

트럼펫 teu.ro*m.pet

小號 【外來語】 trumpet

피리 pi.ri

笛子

플루트 peul.lu.teu

長笛 【外來語】 flute

오보에 o.bo.e

雙簧管 【外來語】 oboe

클라리넷 keul.la.ri.net

單簧管 【外來語】 clarinet

바순 ba.sun

巴松笛 【外來語】 bassoon

프렌치 호른 peu.ren.chi/ho.reun

法國號 【外來語】 French horn

마림바 ma.rim.ba

木琴 【外來語】 marimba

실로폰 sil.lo.pon

鐵琴 【外來語】 xylophone

트라이앵글 teu.ra.i.e*ng.geul

三角鐵 【外來語】 triangle

베이스 드럼 be.i.seu/deu.ro*m

大鼓 【外來語】 bass drum

스네어 드럼 seu.ne.o*/deu.ro*m

小鼓 【外來語】 snare drum

타악기 ta.ak.gi

打擊樂器 【漢字】 打樂器

피아노 pi.a.no

鋼琴 【外來語】 piano

오르간 o.reu.gan

管風琴 【外來語】 organ

전자 오르간 jo*n.ja/o.reu.gan

電子琴 【漢外】 電子organ

하프 ha.peu

豎琴 【外來語】 harp

기타 gi.ta

吉他 【外來語】 guitar

在眼鏡店

안경가게 an.gyo*ng.ga.ge

眼鏡行 【漢字】 眼鏡--

안경 an.gyo*ng

眼鏡 【外來語】 眼鏡

선글라스 so*n.geul.la.seu

太陽眼鏡 【外來語】 sunglass

돋보기안경 dot.bo.gi.an.gyo*ng

老花眼鏡 【漢字】 ---眼鏡

안경렌즈 an.gyo*ng.nen.jeu

鏡片 【漢外】 眼鏡lens

안경테 an.gyo*ng.te

鏡架 【漢字】 眼鏡-

안경집 an.gyo*ng.jip

眼鏡盒 【漢字】 眼鏡-

콘택트렌즈 kon.te*k.teu.ren.jeu

隱形眼鏡 【外來語】 contact lens

컬러렌즈 ko*l.lo*.ren.jeu

瞳孔放大片 【外來語】 color lens

렌즈집게 ren.jeu.jip.ge

鏡片夾 【外來語】 lens--

렌즈공병 ren.jeu.gong.byo*ng

小空瓶

렌즈케이스 ren.jeu.ke.i.seu

隱形眼鏡盒 【外來語】 lens case

소프트렌즈 so.peu.teu.ren.jeu

軟性隱形眼鏡 【外來語】 soft lens

하드렌즈 ha.deu.ren.jeu

硬性隱形眼鏡 【外來語】 hard lens

흡입봉 heu.bip.bong

吸棒 【漢字】 吸入棒

안경 도수 an.gyo*ng/do.su

眼鏡度數 【漢字】 眼鏡度數

보존액 bo.jo.ne*k

保存護理液 【漢字】 保存液

세척액 se.cho*.ge*k

清洗液 【漢字】 洗滌液

식염수 si.gyo*m.su

食鹽水 【漢字】 食鹽水

在鐘錶店

시계점 si.gye.jo*m

鐘錶店 【漢字】 時計店

시계 si.gye

鐘錶 【漢字】 時計

손목시계 son.mok.ssi.gye

手錶 【漢字】 --時計

석영시계 so*.gyo*ng.si.gye

石英錶 【漢字】 石英時計

벽시계 byo*k.ssi.gye

壁鐘 【漢字】 壁時計

알람시계 al.lam.si.gye

鬧鐘 【漢字】 --時計

탁상시계 tak.ssang.si.gye

桌上型時鐘 【漢字】 卓上時計

회중시계 hwe.jung.si.gye

懷錶 【漢字】 懷中時計

시계줄 si.gye.jul

錶帶 【漢字】 時計-

시계 바늘 si.gye/ba.neul

時針 【漢字】 時計--

손목시계 son.mok.ssi.gye

手錶 【漢字】 --時計

시계수리 전문점 si.gye.su.ri/jo*n.mun.jo*m

修錶專門店 【漢字】 時計修理專門店

명품시계 myo*ng.pum.si.gye

名牌錶 【漢字】 名品時計

커플시계 ko*.peul.ssi.gye

情侶錶 【漢字】 couple時計

在紀念品店

기념품 gi.nyo*m.pum

紀念品 【漢字】 紀念品

열쇠 고리 yo*l.swe/go.ri

鑰匙圈

기념 우표 gi.nyo*m/u.pyo

紀念郵票 【漢字】 紀念郵票

기념 티셔츠 gi.nyo*m/ti.syo*.cheu

紀念T恤 【漢外】 紀念T-shirts

장식품 jang.sik.pum

裝飾品 【漢字】 裝飾品

부채 bu.che*

扇子

도장 do.jang

印章 【漢字】 圖章

필통 pil.tong

鉛筆盒 【漢字】 筆筒

엽서 yo*p.sso*

明信片 【漢字】 葉書

한복 인형 han.bok/in.hyo*ng

韓服娃娃 【漢字】 韓服人形

민속인형min.so.gin.hyo*ng

民俗娃娃 【漢字】 民俗人形

보석함 bo.so*.kam

珠寶盒 【漢字】 寶石函

한지공예 han.ji.gong.ye

韓紙工藝 【漢字】 韓紙工藝

경대 gyo*ng.de*

小鏡台 【漢字】 鏡臺

접시 jo*p.ssi

盤子

쟁반 je*ng.ban

托盤 【漢字】錚盤

탈 tal

面具

컵받침 ko*p.bat.chim

杯墊

노리개 no.ri.ge*

吊飾

핸드폰줄 he*n.deu.pon.jul

手機吊飾 【外來語】hand phone-

책갈피 che*k.gal.pi

書籤 【漢字】冊--

병풍 byo*ng.pung

屏風 【漢字】屏風

젓가락 jo*t.ga.rak

筷子

수저세트 su.jo*.se.teu

湯匙筷子組 【漢字】--set

명함함 myo*ng.ham.ham

名片盒 【漢字】名銜函

도자기 do.ja.gi

陶瓷 【漢字】陶瓷器

은비녀 eun.bi.nyo*

銀髮簪 【漢字】 銀--

액자 e*k.jja

相框 【漢字】 額子

태극기 te*.geuk.gi

太極旗 【漢字】 太極旗

在特產店

특산물 teuk.ssan.mul

名產 【漢字】 特產物

김치 gim.chi

泡菜

유자차 yu.ja.cha

柚子茶 【漢字】 柚子茶

김 gim

海苔

인삼 in.sam

人蔘 【漢字】 人蔘

고려홍삼액 go.ryo*.hong.sa.me*k

高麗紅蔘液 【漢字】 高麗紅蔘液

감귤초콜릿 gam.gyul.cho.kol.lit

橘子巧克力 【漢外】 柑橘chocolate

김초콜릿 gim.cho.kol.lit

海苔巧克力 【外來語】 -chocolate

전통주 jo*n.tong.ju

傳統酒 【漢字】 傳統酒

통조림 tong.jo.rim

罐頭 【漢字】 桶--

막걸리 mak.go*l.li

米酒

인삼사탕 in.sam.sa.tang

人蔘糖 【漢字】 人蔘砂糖

녹차 nok.cha

綠茶 【漢字】 綠茶

식혜 si.kye

酒釀 【漢字】 食醯

在便利商店

편의점 pyo*.nui.jo*m

便利商店 【漢字】 便宜店

담배 dam.be*

香菸

음료수 eum.nyo.su

飲料 【漢字】 飲料水

과자 gwa.ja

餅乾 【漢字】 菓子

계산대 gye.san.de*

收銀台 【漢字】 計算臺

금전 등록기 geum.jo*n/deung.nok.gi

收銀機 【漢字】 金錢登錄器

아르바이트생 a.reu.ba.i.teu.se*ng

打工生 【外漢】 Arbeit生

24시간 i.sip.ssa.si.gan

24小時 【漢字】 --時間

영업 중 yo*ng.o*p/jung

營業中 【漢字】 營業中

세븐 일레븐 se.beun/il.le.beun

7-Eleven

스토리웨이 seu.to.ri.we.i

Story Way便利商店

지에스이십오 ji.e.seu.i.si.bo

GS25便利商店

미니스톱 mi.ni.seu.top

Ministop便利商店

훼미리마트 hwe.mi.ri.ma.teu

全家便利商店(Family Mart)

在咖啡廳

커피숍 ko*.pi.syop

咖啡廳 【外來語】 coffee shop

스타벅스 seu.ta.bo*k.sseu

星巴克 【外來語】 Starbucks

카페라떼 ka.pe.ra.de

那堤 【外來語】 Caffé Latte

바닐라 라떼 ba.nil.la/ra.de

香草那堤 【外來語】 Vanilla Latte

헤이즐넛 라떼 he.i.jeul.lo*t/ra.de

榛果那堤 【外來語】 Hazelnut Latte

카라멜마끼아또 ka.ra.mel.ma.gi.a.do

焦糖瑪奇朵 【外來語】 Caramel Macchiato

카페 모카 ka.pe/mo.ka

摩卡 【外來語】 Caffé Mocha

카푸치노 ka.pu.chi.no

卡布奇諾 【外來語】 Cappuccino

아메리카노 a.me.ri.ka.no

美式咖啡 【外來語】 Americano

리스트레토 비안코 ri.seu.teu.re.to/bi.an.ko

濃粹那堤 【外來語】 Ristretto Bianco

에스프레소 e.seu.peu.re.so

濃縮咖啡 【外來語】 Espresso

핫초코 hat.cho.ko

熱咖啡 【外來語】 Hot Chocolate

카페비엔나 ka.pe.bi.en.na

維也納咖啡 【外來語】 Cafe Vienna

그린티 라떼 geu.rin.ti/ra.de

綠茶拿提 【外來語】 Green Tea Latte

카라멜모카 ka.ra.mel.mo.ka

焦糖摩卡 【外來語】 Caramel Mocha

카라멜라떼 ka.ra.mel.la.de

焦糖拿鐵 【外來語】 Caramel Latte

콘파나 kon.pa.na

鮮奶油咖啡 【外來語】 Con Panna

아이스티 a.i.seu.ti

冰茶 【外來語】 ice tea

아이스커피 a.i.seu.ko*.pi

冰咖啡 【外來語】 ice coffee

율무차 yul.mu.cha

薏米茶 【漢字】 --茶

생강차 se*ng.gang.cha

生薑茶 【漢字】 生薑茶

복숭아차 bok.ssung.a.cha

水蜜桃茶 【漢字】 ---茶

매실차 me*.sil.cha

梅子茶 【漢字】 梅實茶

대추차 de*.chu.cha

棗茶 【漢字】 --茶

우롱차 u.rong.cha

烏龍茶 【漢字】 烏龍茶

쟈스민차 jya.seu.min.cha

茉莉花茶 【外來語】 Jasmine-

밀크티 mil.keu.ti

奶茶 【外來語】 Milk Tea

오렌지주스 o.ren.ji.ju.seu

柳橙汁 【外來語】 orange juice

포도주스 po.do.ju.seu

葡萄汁 【漢外】 葡萄juice

딸기 슬러시 dal.gi/seul.lo*.si

草莓冰沙 【外來語】 --Slush

키위 슬러시 ki.wi/seul.lo*.si

奇異果冰沙 【外來語】 Kiwi Slush

포도 슬러시 po.do/seul.lo*.si

葡萄冰沙 【漢外】 葡萄Slush

팥빙수 pat.bing.su

紅豆刨冰 【漢字】 -氷水

과일빙수 gwa.il.bing.su

水果刨冰 【漢字】 --氷水

요거트빙수 yo.go*.teu.bing.su

優葛刨冰 【漢字】Yogurt氷水

클럽 센드위치 keul.lo*p/sen.deu.wi.chi

總匯三明治 【外來語】Club Sandwich

참치 센드위치 cham.chi/sen.deu.wi.chi

鮪魚三明治 【外來語】--Sandwich

로스트비프 센드위치 ro.seu.teu.bi.peu/sen.deu.wi.chi

煙燻牛肉三明治 【外來語】Roast Beef Sandwich

치킨 센드위치 chi.kin/sen.deu.wi.chi

雞肉三明治 【外來語】Chicken Sandwich

치킨랩 chi.kil.le*p

雞肉捲 【外來語】Chicken Wrap

로스트비프 랩 ro.seu.teu.bi.peu/re*p

烤牛肉捲 【外來語】 Roast Beef Wrap

치킨 샐러드 chi.kin/se*l.lo*.deu

雞肉生菜沙拉 【外來語】Chicken Salad

치즈파이 chi.jeu.pa.i

起司派 【外來語】cheese pie

애플파이 e*.peul.pa.i

蘋果派 【外來語】apple pie

고구마파이 go.gu.ma.pa.i

地瓜派 【外來語】---pie

在美髮店

헤어숍 he.o*.syop

美髮店 【外來語】hair shop

미장원 mi.jang.won

美容院 【漢字】美粧院

미용실 mi.yong.sil

美容院 【漢字】美容室

머리방 mo*.ri.bang

美髮店 【漢字】--房

헤어샵 he.o*.syap

美髮店 【外來語】hair shop

헤어 스타일 he.o*/seu.ta.il

髮型 【外來語】hair style

이발사 i.bal.ssa

理髮師 【漢字】理髮師

미용사 mi.yong.sa

美容師 【漢字】美容師

헤어 디자이너 he.o*/di.ja.i.no*

髮型設計師 【外來語】hair designer

장발 jang.bal

長髮 【漢字】長髮

단발 dan.bal

短髮 【漢字】短髮

긴 머리 gin/mo*.ri

長髮

짧은 머리 jjal.beun/mo*.ri

短髮

생머리 se*ng.mo*.ri

直髮 【漢字】生--

곱슬머리 gop.sseul.mo*.ri

捲髮

파마머리 pa.ma.mo*.ri

燙捲髮 【外來語】permanent--

대머리 de*.mo*.ri

光頭

스포츠머리 seu.po.cheu.mo*.ri

七分頭 【外來語】sports--

군인머리 gu.nin.mo*.ri

軍人頭 【漢字】軍人--

머리를 자르다 mo*.ri.reul/jja.reu.da

剪頭髮

머리를 깎다 mo*.ri.reul/gak.da

剃髮

머리를 다듬다 mo*.ri.reul/da.deum.da

修剪頭髮

머리를 말리다 mo*.ri.reul/mal.li.da

吹乾頭髮

머리를 빗다 mo*.ri.reul/bit.da

梳頭髮

머리를 묶다 mo*.ri.reul/muk.da

綁頭髮

머리를 감다 mo*.ri.reul/gam.da

洗頭髮

가르마를 타다 ga.reu.ma.reul/ta.da

分髮線

거울을 보다 go*.u.reul/bo.da

照鏡子

층을 내다 cheung.eul/ne*.da

打層次

어깨를 주무르다 o*.ge*.reul/jju.mu.reu.da

按摩肩膀

파마하다 pa.ma.ha.da

燙髮

스트레이트파마 seu.teu.re.i.teu.pa.ma

離子燙 【外來語】straight permanent

염색하다 yo*m.se*.ka.da

染髮染 【漢字】色--

미용가위 mi.yong.ga.wi

美髮剪刀 【漢字】美容--

헤어젤 he.o*.jel

髮膠 【外來語】hair gel

헤어리퀴드 he.o*.ri.kwi.deu

整髮液 【外來語】hair liquid

헤어스프레이 he.o*.seu.peu.re.i

頭髮噴霧 【外來語】hair spray

헤어토닉 he.o*.to.nik

養髮劑 【外來語】hair tonic

헤어무스 he.o*.mu.seu

造型慕絲 【外來語】hair mousse

在汗蒸幕

Track 176

목욕탕 mo.gyok.tang

澡堂 【漢字】沐浴湯

찜질방 jjim.jil.bang

桑拿房 【漢字】--房

대중사우나 de*.jung.sa.u.na

大眾三溫暖 【漢字】大衆sauna

목욕 시설 mo.gyok/si.so*l

沐浴設施 【漢字】沐浴施設

여탕입구 yo*.tang.ip.gu

女湯入口 【漢字】女湯入口

남탕입구 nam.tang.ip.gu

男湯入口 【漢字】男湯入口

수질 su.jil

水質 【漢字】水質

화로방 hwa.ro.bang

火爐房 【漢字】火爐房

샤워실 sya.wo.sil

淋浴間 【外漢】shower室

탈의실 ta.rui.sil

更衣室 【漢字】脫衣室

찜질복 jjim.jil.bok

桑拿服 【漢字】--服

휴게실 hyu.ge.sil

休息室 【漢字】休憩室

온천탕 on.cho*n.tang

溫泉湯 【漢字】溫泉湯

허브 훈증실 ho*.beu/hun.jeung.sil

草藥燻蒸室 【外漢】herb燻蒸室

옥한증막 o.kan.jeung.mak

玉汗蒸幕 【漢字】玉汗蒸幕

때밀이 de*.mi.ri

搓背工

오락시설 o.rak.ssi.so*l

娛樂設施 【漢字】娛樂施設

헬스실 hel.seu.sil

健身房 【外漢】health室

열탕 yo*l.tang

熱湯 【漢字】熱湯

온탕 on.tang

溫湯 【漢字】溫湯

냉탕 ne*ng.tang

冷湯 【漢字】冷湯

폭포탕 pok.po.tang

瀑布湯 【漢字】瀑布湯

냉방 ne*ng.bang

冷炕 【漢字】冷房

안마실an.ma.sil

按摩室 【漢字】按摩室

소금찜질방 so.geum.jjim.jil.bang

鹽窯房

토굴방 to.gul.bang

土窟房 【漢字】土窟房

자갈찜질방 ja.gal.jjim.jjil.bang

礦石房

맥반석불가마 me*k.ban.so*k.bul.ga.ma

麥飯石窯 【漢字】麥飯石---

황토불가마 hwang.to.bul.ga.ma

黃土窟 【漢字】黃土---

수면실 su.myo*n.sil

睡眠室 【漢字】睡眠室

공용홀 gong.yong.hol

共用大廳 【漢外】共用hall

보관소 bo.gwan.so

保管所 【漢字】保管所

지압실 ji.ap.ssil

指壓室 【漢字】指壓室

구운계란 gu.un.gye.ran

烤雞蛋 【漢字】--鷄卵

식혜 si.kye

甜米露 【漢字】食醯

在練歌房

Track 179

노래방 no.re*.bang

KTV、練歌房

노래 no.re*

歌曲

한국노래 han.gung.no.re*

韓語歌 【漢字】韓國--

일본노래 il.bon.no.re*

日本歌 【漢字】日本--

중국노래 jung.gung.no.re*

中文歌 【漢字】中國--

영어노래 yo*ng.o*.no.re*

英語歌 【漢字】英語--

팝 pap

流行歌曲 【外來語】pop

일본곡 il.bon.gok

日本曲 【漢字】日本曲

영어곡 yo*ng.o*.gok

英文曲 【漢字】英語曲

추가신곡 chu.ga.sin.gok

添加新曲 【漢字】追加新曲

가사 ga.sa

歌詞 【漢字】歌詞

작곡가 jak.gok.ga

作曲家 【漢字】作曲家

작사가 jak.ssa.ga

作詞家 【漢字】作詞家

옛날 곡 yen.nal/gok

老歌 【漢字】--曲

신곡 sin.gok

新歌 【漢字】新曲

대중가요 de*.jung.ga.yo

大眾歌謠 【漢字】大衆歌謠

민요 mi.nyo

民謠 【漢字】民謠

음반 eum.ban

老唱片 【漢字】音盤

가라오케 ga.ra.o.ke

卡拉OK 【漢字】karaoke

노래를 부르다 no.re*.reul.bu.reu.da

唱歌

제목 je.mok

歌名 【漢字】題目

가수 ga.su.

歌手 【漢字】歌手

동요 dong.yo

童謠 【漢字】童謠

인기곡 in.gi.gok

人氣歌曲 【漢字】人氣曲

리모컨 ri.mo.ko*n

遙控 【外來語】remote control

노래방책 no.re*.bang.che*k

歌本 【漢字】--房冊

탬버린 te*m.bo*.rin

鈴鼓 【外來語】tambourine

마라카스 ma.ra.ka.seu

沙鈴 【外來語】maracas

在電影院

극장 geuk.jjang

電影院 【漢字】劇場

영화관 yo*ng.hwa.gwan

電影院 【漢字】映畫館

야외 극장 ya.we.geuk.jjang

露天劇院 【漢字】野外劇場

영화 yo*ng.hwa

電影 【漢字】映畫

상영시간 sang.yo*ng.si.gan

上映時間 【漢字】上映時間

상영하다 sang.yo*ng.ha.da

上映 【漢字】上映--

영화표 yo*ng.hwa.pyo

電影票 【漢字】映畫票

예매권 ye.me*.gwon

預售票 【漢字】豫賣券

당일권 dang.il.gwon

當日票 【漢字】當日券

조조할인 jo.jo.ha.rin

早場優惠 【漢字】早朝割引

흥행대작 heung.he*ng.de*.jak

賣座片 【漢字】興行大作

박스오피스 bak.sseu.o.pi.seu

票房成績 【外來語】box office

배우 be*.u

演員 【漢字】俳優

여배우 yo*.be*.u

女演員 【漢字】女俳優

남배우 nam.be*.u

男演員 【漢字】男俳優

주인공 ju.in.gong

主角 【漢字】主人公

조연 jo.yo*n

配角 【漢字】助演

엑스트라 ek.sseu.teu.ra

臨時演員 【外來語】extra

영화감독 yo*ng.hwa.gam.dok

電影導演 【漢字】映畫監督

제작자 je.jak.jja

製作人 【漢字】製作者

연기 yo*n.gi

演技 【漢字】演技

대사 de*.sa

對白 【漢字】臺詞

자막 ja.mak

字幕 【漢字】字幕

더빙 do*.bing

配音 【外來語】dubbing

스크린 seu.keu.rin

銀幕 【外來語】screen

영화 제목 yo*ng.hwa/je.mok

片名 【漢字】映畫題目

외국 영화 we.guk/yo*ng.hwa

外國電影 【漢字】外國映畫

한국 영화 han.guk/yo*ng.hwa

韓國電影 【漢字】韓國映畫

일본 영화 il.bon/yo*ng.hwa

日本電影 【漢字】日本映畫

대만 영화 de*.man/yo*ng.hwa

台灣電影 【漢字】臺灣映畫

공포 영화 gong.po/yo*ng.hwa

恐怖電影 【漢字】恐怖映畫

전쟁 영화 jo*n.je*ng/yo*ng.hwa

戰爭電影 【漢字】戰爭映畫

액션 영화 e*k.ssyo*n/yo*ng.hwa

動作電影 【外漢】action映畫

멜로 영화 mel.lo/yo*ng.hwa

愛情電影 【外漢】melo映畫

애니메이션 e*.ni.me.i.syo*n

動畫片 【外來語】animation

판타지 영화 pan.ta.ji/yo*ng.hwa

奇幻電影 【外漢】fantasy映畫

무협 영화 mu.hyo*p/yo*ng.hwa

武俠電影 【漢字】武俠映畫

코믹영화 ko.mi.gyo*ng.hwa

喜劇片 【外漢】comic映畫

성인영화 so*ng.i.nyo*ng.hwa

成人電影 【漢字】成人映畫

국산영화 guk.ssa.nyo*ng.hwa

國產電影 【漢字】國產映畫

흑백영화 heuk.be*.gyo*ng.hwa

黑白電影 【漢字】黑白映畫

에스에프 영화 e.seu.e.peu/yo*ng.hwa

科幻片 【外漢】SF映畫

시대극 si.de*.geuk

古裝劇 【漢字】時代劇

현대극 hyo*n.de*.geuk

現代劇 【漢字】現代劇

비극 bi.geuk

悲劇 【漢字】悲劇

무언극 mu.o*n.geuk

默劇 【漢字】無言劇

추리극 chu.ri.geuk

推理片 【漢字】推理劇

다큐멘터리 영화 da.kyu.men.to*.ri/yo*ng.hwa

記錄片 【外漢】documentary映畫

칸 영화제 kan/yo*ng.hwa.je

坎城影展 【外漢】Cannes映畫祭

영화 삽입곡 yo*ng.hwa/sa.bip.gok

電影插曲 【漢字】映畫挿入曲

영화를 촬영하다 yo*ng.hwa.reul/chwa.ryo*ng.ha.da

拍電影 【漢字】撮影--

영화를 보다 yo*ng.hwa.reul/bo.da

看電影

在劇院

노천극장 no.cho*n.geuk.jjang

露天劇場 【漢字】露天劇場

매표소 me*.pyo.so

售票處 【漢字】賣票所

입장권 ip.jjang.gwon

門票 【漢字】入場券

무료 mu.ryo

免費 【漢字】無料

어른 o*.reun

大人

어린이 o*.ri.ni

兒童

티켓 ti.ket

票 【外來語】ticket

좌석 jwa.so*k

座位 【漢字】座席

공연 gong.yo*n

表演 【漢字】公演

서커스 so*.ko*.seu

馬戲團 【外來語】circus

연예 활동 yo*.nye/hwal.dong

表演活動 【漢字】演藝活動

국악 gu.gak

國樂 【漢字】國樂

무술 mu.sul

武術 【漢字】武術

오페라 o.pe.ra

歌劇 【外來語】opera

뮤지컬 myu.ji.ko*l

歌舞劇 【外來語】musical

연극 yo*n.geuk

話劇 【漢字】演劇

각본 gak.bon

劇本 【漢字】脚本

오페라 o.pe.ra

歌劇 【外來語】opera

무용극 mu.yong.geuk

舞蹈劇 【漢字】舞踊劇

전통무용 jo*n.tong.mu.yong

傳統舞蹈 【漢字】傳統舞踊

민속무용 min.song.mu.yong

民俗舞蹈 【漢字】民俗舞踊

탈춤 tal.chum

假面舞

판소리 pan.so.ri

說唱表演

음악회 eu.ma.kwe

音樂會 【漢字】音樂會

연주회 yo*n.ju.hwe

演奏會 【漢字】演奏會

클래식 keul.le*.sik

古典音樂 【外來語】classic

관현악 gwan.hyo*.nak

管弦樂 【漢字】管絃樂

교향곡 gyo.hyang.gok

交響樂 【漢字】交響曲

독주곡 dok.jju.gok

獨奏曲 【漢字】獨奏曲

헤비메탈 he.bi.me.tal

重金屬樂 【外來語】heavy metal

전통음악 jo*n.tong.eu.mak

傳統音樂 【漢字】傳統音樂

서양음악 so*.yang.eu.mak

西洋音樂 【漢字】西洋音樂

합창단 hap.chang.dan

合唱團 【漢字】合唱團

지휘자 ji.hwi.ja

指揮 【漢字】指揮者

반주 ban.ju

伴奏 【漢字】伴奏

리듬 ri.deum

節奏 【外來語】rhythm

저음 jo*.eum

低音 【漢字】低音

중음 jung.eum

中音 【漢字】中音

고음 go.eum

高音 【漢字】高音

화성 hwa.so*ng

和聲 【漢字】和聲

악보 ak.bo

樂譜 【漢字】樂譜

악대 ak.dae

樂隊 【漢字】樂隊

관객 gwan.ge*k

觀眾 【漢字】觀客

박수하다 bak.ssu.ha.da

鼓掌 【漢字】拍手--

무대 mu.de*

舞台 【漢字】舞臺

인물 in.mul

人物 【漢字】人物

연출 yo*n.chul

演出 【漢字】演出

在演唱會

콘서트 kon.so*.teu

演唱會 【外來語】concert

톱스타 top.sseu.ta

巨星 【外來語】top star

가수 ga.su

歌手 【漢字】歌手

포스터 po.seu.to*

海報 【外來語】poster

리드보컬 ri.deu.bo.ko*l

主唱 【外來語】lead vocal

드러머 deu.ro*.mo*

鼓手 【外來語】drummer

기타리스트 gi.ta.ri.seu.teu

吉他手 【外來語】Guitarist

키보디스트 ki.bo.di.seu.teu

鋼琴手 【外來語】keyboardist

베이시스트 be.i.si.seu.teu

貝斯手 【外來語】bassist

밴드 be*n.deu

樂團 【外來語】band

악단 ak.dan

樂團 【漢字】樂團

로큰롤 ro.keul.lol

搖滾樂 【外來語】rock'n'roll

리허설 ri.ho*.so*l

彩排 【外來語】rehearsal

팬 pe*n

粉絲 【外來語】Fan

팬클럽 pe*n.keul.lo*p

歌迷俱樂部 【外來語】fan club

콘서트머리띠 kon.so*.teu.mo*.ri.di

應援髮圈 【外來語】concert---

플래카드 peul.le*.ka.deu

橫式應援 【外來語】placard

립싱크 rip.ssing.keu

對嘴 【外來語】lip sync

앙코르 ang.ko.reu

安可 【外來語】encore

무대 mu.de*

舞臺 【漢字】舞臺

조명 jo.myo*ng

燈光 【漢字】照明

무대 배경 mu.de*/be*.gyo*ng

舞台布景 【漢字】舞臺背景

소리를 지르다 so.ri.reul/jji.reu.da

喊叫

在美術館、博物館

미술관 mi.sul.gwan

美術館 【漢字】美術館

문화회관 mun.hwa.hwe.gwan

文化會館 【漢字】文化會館

화랑 hwa.rang

畫廊 【漢字】畫廊

갤러리 ge*l.lo*.ri

畫廊 【外來語】gallery

전시회 jo*n.si.hwe

展覽 【漢字】展示會

그림 geu.rim

圖畫

그림 전시회 geu.rim.jo*n.si.hwe

畫展 【漢字】--展示會

인형 전시회 in.hyo*ng.jo*n.si.hwe

玩偶展 【漢字】人形展示會

서예전 so*.ye.jo*n

書法展 【漢字】書藝展

사진전 sa.jin.jo*n

攝影展 【漢字】寫眞展

조각전 jo.gak.jjo*n.

雕刻展 【漢字】雕刻展

도예전 do.ye.jo*n

陶藝展 【漢字】陶藝展

유화 yu.hwa

油畫 【漢字】油畫

수채화 su.che*.hwa

水彩畫 【漢字】水彩畫

스케치 seu.ke.chi

素描 【外來語】sketch

수묵화 su.mu.kwa

水墨畫 【漢字】水墨畫

서양화 so*.yang.hwa

西洋畫 【漢字】西洋畫

국화 gu.kwa

國畫 【漢字】國畫

박물관 bang.mul.gwan

博物館 【漢字】博物館

작품 jak.pum

作品 【漢字】作品

유물 yu.mul

遺物 【漢字】遺物

복제품 bok.jje.pum

複製品 【漢字】複製品

안내책자 an.ne*.che*k.jja

引導手冊 【漢字】案內冊子

在賭場

카지노 ka.ji.no

賭場 【外來語】casino

룰렛 rul.let

輪盤 【外來語】roulette

블랙잭 beul.le*k.jje*k

廿一點 【外來語】Black jack

바카라 ba.ka.ra

百家樂 【外來語】Baccarat

다이사이 da.i.sa.i

猜大小 【外來語】TAI-SAI

빅휠 bi.kwil

賭盤 【外來語】Big Wheel

판탄 pan.tan

番攤 【外來語】Fan Tan

라운드 크랩스 ra.un.deu/keu.re*p.sseu

雙骰子 【外來語】Round Craps

빠이까우 ppa.i.ga.u

牌九 【外來語】Pai Gow

포커 po.ko*

撲克牌遊戲 【外來語】poker

키노 ki.no

基諾 【外來語】Keno

세븐카드 스터드 se.beun.ka.deu/seu.to*.deu

7張牌梭哈 【外來語】Seven Card Stud

트란타 콰란타 teu.ran.ta/kwa.ran.ta

猜紅黑 【外來語】Trente Et Quarante

챠카락 chya.ka.rak

骰子擲好運 【外來語】Chuck A Luck

비디오게임 bi.di.o.ge.im

視頻遊戲 【外來語】video game

빙고 bing.go

賓果 【外來語】bingo

카지노 워 ka.ji.no/wo

賭場戰爭 【外來語】Casino War

마작 ma.jak

麻將

슬롯 머신 seul.lot/mo*.sin

老虎機 【外來語】slot machine

파칭코 pa.ching.ko

柏青哥 【外來語】pachinko

주사위 놀이 ju.sa.wi/no.ri

擲骰子遊戲

로또 ro.do

樂透 【外來語】lodo

스크래치 카드 seu.keu.re*.chi/ka.deu

刮刮卡 【外來語】scratch card

경마 gyo*ng.ma

賽馬 【漢字】競馬

복권 bok.gwon

彩券 【漢字】福券

판돈 pan.don

賭注

경정 gyo*ng.jo*ng

競艇 【漢字】競艇

경륜 gyo*ng.nyun

自行車 【漢字】競賽競輪

在醫院

병원 byo*ng.won

醫院 【漢字】病院

내과 ne*.gwa

內科 【漢字】內科

안과 an.gwa

眼科 【漢字】眼科

피부과 pi.bu.gwa

皮膚科 【漢字】皮膚科

외과 we.gwa

外科 【漢字】外科

치과 chi.gwa

牙科 【漢字】齒科

이비인후과 i.bi.in.hu.gwa

耳鼻咽喉科 【漢字】耳鼻咽喉科

뇌신경외과 no*.sin.gyo*ng.we.gwa

腦神經科 【漢字】腦神經外科

비뇨기과 bi.nyo.gi.gwa

泌尿科 【漢字】泌尿器科

산부인과 san.bu.in.gwa

婦產科 【漢字】產婦人科

소아과 so.a.gwa

小兒科 【漢字】小兒科

신경과 sin.gyo*ng.gwa

神經科 【漢字】神經科

성형외과 so*ng.hyo*ng.we.gwa

整形外科 【漢字】成形外科

신장내과 sin.jang.ne*.gwa

腎臟科 【漢字】腎臟內科

정형외과 jo*ng.hyo*ng.we.gwa

骨科 【漢字】整形外科

내분비내과 ne*.bun.bi.ne*.gwa

內分泌科 【漢字】內分泌內科

정신과 jo*ng.sin.gwa

精神科 【漢字】精神科

흉부외과 hyung.bu.we.gwa

胸部外科 【漢字】胸部外科

병실 byo*ng.sil

病房 【漢字】病室

진찰실 jin.chal.ssil

診查室 【漢字】診察室

수술실 su.sul.sil

手術室 【漢字】手術室

중환자실 jung.hwan.ja.sil

加護病房 【漢字】重患者室

응급실 eung.geup.ssil

急診室 【漢字】應急室

의사 ui.sa

醫生 【漢字】醫師

간호사 gan.ho.sa

護士 【漢字】看護師

한의사 ha.nui.sa

中醫師 【漢字】韓醫師

영양사 yo*ng.yang.sa

營養師 【漢字】營養士

환자 hwan.ja

病患 【漢字】患者

응급 환자 eung.geup/hwan.ja

急診病患 【漢字】應急患者

병 byo*ng

病 【漢字】病

증상 jeung.sang

症狀 【漢字】症狀

감기 gam.gi

感冒 【漢字】感氣

기침 gi.chim

咳嗽

구토 gu.to

嘔吐 【漢字】嘔吐

변비 byo*n.bi

便秘 【漢字】便祕

설사 so*l.sa

拉肚子 【漢字】泄瀉

열이 나다 yo*.ri/na.da

發燒 【漢字】熱---

검사하다 go*m.sa.ha.da

檢查 【漢字】檢查--

진찰하다 jin.chal.ha.da

診查 【漢字】診察--

치료하다 chi.ryo.ha.da

治療 【漢字】治療--

주사하다 ju.sa.ha.da

打針 【漢字】注射--

마취하다 ma.chwi.ha.da

麻醉 【漢字】痲醉--

수술하다 su.sul.ha.da

手術 【漢字】手術--

주사기 ju.sa.gi

針筒 【漢字】注射器

링거 ring.go*

點滴 【外來語】Ringer

청진기 cho*ng.jin.gi

聽診器 【漢字】聽診器

메스 me.seu

手術刀 【外來語】mes

혈압계 hyo*.rap.gye

量血壓機 【漢字】血壓計

들것 deul.go*t

擔架

휠체어 hwil.che.o*

輪椅 【外來語】wheelchair

상처 sang.cho*

傷口 【漢字】傷處

다치다 da.chi.da

受傷

입원하다 i.bwon.ha.da

住院 【漢字】入院--

퇴원하다 twe.won.ha.da

出院 【漢字】退院--

건강하다 go*n.gang.ha.da

健康 【漢字】健康--

在整形外科

성형외과 so*ng.hyo*ng.we.gwa

整形外科 【漢字】成形外科

뼈띠성형 beu.di.so*ng.hyo*ng

微整形 【漢字】--成形

성형 수술 so*ng.hyo*ng/su.sul

整型手術 【漢字】成形手術

성형외과 의사 so*ng.hyo*ng.we.gwa/ui.sa

整型外科醫生 【漢字】成形外科醫師

눈 성형 nun/so*ng.hyo*ng

眼部整型 【漢字】-成形

쌍꺼풀 성형수술 ssang.go*.pul/so*ng.hyo*ng.su.sul

割雙眼皮手術 【漢字】雙--成形手術

주름살 제거수술 ju.reum.sal/jje.go*.su.sul

除皺手術 【漢字】---除去手術

얼굴윤곽 교정수술 o*l.gu.ryun.gwak/gyo.jo*ng.su.sul

臉部輪廓矯正 【漢字】--輪廓矯正手術

지방 흡입 ji.bang/heu.bip

抽指 【漢字】脂肪吸入

가슴 성형 ga.seum/so*ng.hyo*ng

胸部整型 【漢字】--成形

종아리 성형 jong.a.ri/so*ng.hyo*ng

小腿整型 【漢字】---成形

在藥局

약국 yak.guk

藥店 【漢字】藥局

약 yak

藥 【漢字】藥

약품 yak.pum

藥品 【漢字】藥品

의약품 ui.yak.pum

醫藥品 【漢字】醫藥品

두통약 du.tong.yak

頭痛藥 【漢字】頭痛藥

위장약 wi.jang.yak

胃腸藥 【漢字】胃腸藥

변비약 byo*n.bi.yak

便秘藥 【漢字】便祕藥

감기약 gam.gi.yak

感冒藥 【漢字】感氣藥

멀미약 mo*l.mi.yak

暈車藥 【漢字】--藥

소화제 so.hwa.je

消化劑 【漢字】消化劑

해열제 he*.yo*l.je

退燒藥 【漢字】解熱劑

진통제 jin.tong.je

止痛藥 【漢字】鎮痛劑

수면제 su.myo*n.je

安眠藥 【漢字】睡眠劑

한약 ha.nyak

中藥 【漢字】韓藥

보약 bo.yak

補藥 【漢字】補藥

알약 a.ryak

藥丸 【漢字】-藥

물약 mul.lyak

藥水 【漢字】-藥

좌약 jwa.yak

栓劑 【漢字】坐藥

안약 a.nyak

眼藥水 【漢字】眼藥

가루약 ga.ru.yak

藥粉 【漢字】--藥

캡슐 ke*p.ssyul

膠囊 【外來語】capsule

외용약 we.yong.yak

外用藥 【漢字】外用藥

내복약 ne*.bong.nyak

內服藥 【漢字】內服藥

정제 jo*ng.je

錠劑 【漢字】錠劑

소독약 so.do.gyak

消毒藥 【漢字】消毒藥

설사약 so*l.sa.yak

瀉藥 【漢字】泄瀉藥

지사제 ji.sa.je

止瀉藥 【漢字】止瀉劑

예방약 ye.bang.yak

預防藥 【漢字】豫防藥

고혈압약 go.hyo*.ra.byak

高血壓藥 【漢字】高血壓藥

아스피린 a.seu.pi.rin

阿斯匹林 【外來語】aspirin

비타민 bi.ta.min

維他命 【外來語】vitamin

상비약 sang.bi.yak

常用藥品 【漢字】常備藥

지혈약 ji.hyo*.ryak

止血藥 【漢字】止血藥

백신 be*k.ssin

疫苗 【外來語】vaccine

구급 상자 gu.geup/sang.ja

急救箱 【漢字】救急箱子

생리식염수 se*ng.ni.si.gyo*m.su

生理食鹽水 【漢字】生理食鹽水

약솜 yak.ssom

藥用棉花 【漢字】藥-

마스크 ma.seu.keu

口罩 【外來語】mask

연고 yo*n.go

藥膏 【漢字】軟膏

파스 pa.seu

貼布 【外來語】Pasta

면봉 myo*n.bong

棉花棒 【漢字】綿棒

거즈 go*.jeu

紗布 【外來語】gauze

붕대 bung.de*

繃帶 【漢字】繃帶

탈지면 tal.jji.myo*n

藥棉 【漢字】脫脂綿

옥시돌 ok.ssi.dol

雙氧水 【外來語】oxydol

약용 알코올 ya.gyong/al.ko.ol

藥用酒精 【漢外】藥用alcohol

반창고 ban.chang.go

ok蹦 【漢字】絆瘡膏

체온계 che.on.gye

體溫計 【漢字】體溫計

약사 yak.ssa

藥劑師 【漢字】藥師

처방전 cho*.bang.jo*n

診斷單 【漢字】處方箋

各類學校

유치원 yu.chi.won

幼兒園 【漢字】幼稚園

탁아소 ta.ga.so

托兒所 【漢字】託兒所

어린이집 o*.ri.ni.jip

育幼院

초등학교 cho.deung.hak.gyo

小學 【漢字】初等學校

중학교 jung.hak.gyo

國中 【漢字】中學校

고등학교 go.deung.hak.gyo

高中 【漢字】高等學校

대학교 de*.hak.gyo

大學 【漢字】大學校

대학원 de*.ha.gwon

研究所 【漢字】大學院

전문대학 jo*n.mun.de*.hak

專科大學 【漢字】專門大學

교육대학 gyo.yuk.de*.hak

教育大學 【漢字】教育大學

명문대학 myo*ng.mun.de*.hak

知名大學 【漢字】名門大學

학원 ha.gwon

補習班 【漢字】學院

在學校

교실 gyo.sil

教室 【漢字】教室

교무실 gyo.mu.sil

教師辦公室 【漢字】教務室

캠퍼스 ke*m.po*.seu

校園 【外來語】campus

도서관 do.so*.gwan

圖書館 【漢字】圖書館

양호실 yang.ho.sil

保健室 【漢字】養護室

대강당 de*.gang.dang

大禮堂 【漢字】大講堂

기숙사 gi.suk.ssa

宿舍 【漢字】寄宿舍

체육관 che.yuk.gwan

體育館 【漢字】體育館

그라운드 geu.ra.un.deu

操場 【外來語】ground

실험실 sil.ho*m.sil

實驗室 【漢字】實驗室

농구장 nong.gu.jang

籃球場 【漢字】籠球場

지도실 ji.do.sil

輔導室 【漢字】指導室

음악실 eu.mak.ssil

音樂室 【漢字】音樂室

컴퓨터실 ko*m.pyu.to*.gyo.sil

電腦教室 【外漢】computer室

시청각교실 si.cho*ng.gak.gyo.sil

視聽教室 【漢字】視聽覺教室

선생님 so*n.se*ng.nim

老師 【漢字】先生-

교사 gyo.sa

教師 【漢字】教師

교수 gyo.su

教授 【漢字】教授

부교수 bu.gyo.su

副教授 【漢字】副教授

조교수 jo.gyo.su

助理教授 【漢字】助教授

외국인교수 oe.gu.gin.gyo.su

外籍教授 【漢字】外國人教授

조교 jo.gyo

助教 【漢字】助教

강사 gang.sa

講師 【漢字】講師

학과장 hak.gwa.jang

系主任 【漢字】學科長

지도교수 ji.do.gyo.su

指導教授 【漢字】指導教授

교환교수 gyo.hwan.gyo.su

交換教授 【漢字】交換教授

교직원 gyo.ji.gwon

教職員 【漢字】教職員

교장 gyo.jang

校長 【漢字】校長

부교장 bu.gyo.jang

副校長 【漢字】副校長

총장 chong.jang

大學校長 【漢字】總長

가정교사 ga.jo*ng.gyo.sa

家庭老師 【漢字】家庭教師

학생 hak.sse*ng

學生 【漢字】學生

동창 dong.chang

同學 【漢字】同窓

남학생 nam.hak.sse*ng

男學生 【漢字】男學生

여학생 yo*.hak.sse*ng

女學生 【漢字】女學生

반장 ban.jang

班長 【漢字】班長

부반장 bu.ban.jang

副班長 【漢字】副班長

남자선배 nam.ja.so*n.be*

學長 【漢字】男子先輩

여자선배 yo*.ja.so*n.be*

學姊 【漢字】女子先輩

남자후배 nam.ja.hu.be*

學弟 【漢字】男子後輩

여자후배 yo*.ja.hu.be*

學妹 【漢字】女子後輩

졸업생 jo.ro*p.sse*ng

畢業生 【漢字】卒業生

교환학생 gyo.hwan.hak.sse*ng

交換學生 【漢字】交換學生

청강생 cho*ng.gang.se*ng

旁聽學生 【漢字】聽講生

편입생 pyo*.nip.sse*ng

插班生 【漢字】編入生

우등생 u.deung.se*ng

資優生 【漢字】優等生

국어 gu.go*

國語 【漢字】國語

영어 yo*ng.o*

英語 【漢字】英語

수학 su.hak

數學 【漢字】數學

역사 yo*k.ssa

歷史 【漢字】歷史

지리 ji.ri

地理 【漢字】地理

사회 sa.hwe

社會 【漢字】社會

보건 bo.go*n

健康教育 【漢字】保健

미술 mi.sul

美術 【漢字】美術

음악 eu.mak

音樂 【漢字】音樂

체육 che.yuk

體育 【漢字】體育

화학 hwa.hak

化學 【漢字】化學

물리 mul.li

物理 【漢字】物理

생물 se*ng.mul

生物 【漢字】生物

국사 guk.ssa

國史 【漢字】國史

세계사 se.gye.sa

世界史 【漢字】世界史

윤리 yul.li

倫理 【漢字】倫理

산수 san.su

算數 【漢字】算數

성적 so*ng.jo*k

成績 【漢字】成績

빵점 bang.jo*m

零分 【漢字】-點

만점 man.jo*m

滿分 【漢字】滿點

성적표 so*ng.jo*k.pyo

成績單 【漢字】成績表

수업 su.o*p

課程 【漢字】授業

교과서 gyo.gwa.so*

教科書 【漢字】教科書

일교시 il.gyo.si

第一堂課 【漢字】一校時

이교시 i.gyo.si

第二堂課 【漢字】二校時

예습하다 ye.seu.pa.da

預習 【漢字】豫習--

복습하다 bok.sseu.pa.da

複習 【漢字】復習--

입학하다 i.pa.ka.da

入學 【漢字】入學--

유학하다 yu.ha.ka.da

留學 【漢字】留學--

전학하다 jo*n.ha.ka.da

轉學 【漢字】轉學--

퇴학하다 twe.ha.ka.da

退學 【漢字】退學--

중퇴하다 jung.twe.ha.da

中途退學 【漢字】中退--

휴학하다 hyu.ha.ka.da

休學 【漢字】休學--

各類公司

기업 gi.o*p

企業 【漢字】企業

대기업 de*.gi.o*p

大企業 【漢字】大企業

중소기업 jung.so.gi.o*p

中小型企業 【漢字】中小企業

소기업 so.gi.o*p

小型企業 【漢字】小企業

사기업 sa.gi.o*p

私人企業 【漢字】私企業

공기업 gong.gi.o*p

公家企業 【漢字】公企業

그룹 geu.rup

集團 【外來語】group

업체 o*p.che

企業 【漢字】業體

재벌 je*.bo*l

財團 【漢字】財閥

회사 hwe.sa

公司 【漢字】會社

주식 회사 ju.sik/hwe.sa

股份有限公司 【漢字】株式會社

유한 회사 yu.han/hwe.sa

有限公司 【漢字】有限會社

외자계 회사 we.ja.gye/hwe.sa

外商公司 【漢字】外資系會社

본사 bon.sa

總公司 【漢字】本社

지점 ji.jo*m

分店 【漢字】支店

모회사 mo.hwe.sa

母公司 【漢字】母會社

자회사 ja.hwe.sa

子公司 【漢字】子會社

지사 ji.sa

分公司 【漢字】支社

판매점 pan.me*.jo*m

販賣店 【漢字】販賣店

在公司

업무부 o*m.mu.bu

業務部 【漢字】業務部

기획부 gi.hwek.bu

企劃部 【漢字】企劃部

회계부 hwe.gye.bu

會計部 【漢字】會計部

판매부 pan.me*.bu

銷售部 【漢字】販賣部

홍보부 hong.bo.bu

宣傳部 【漢字】弘報部

인사부 in.sa.bu

人事部 【漢字】人事部

사무부 sa.mu.bu

事務部 【漢字】事務部

기술부 gi.sul.bu

技術部 【漢字】技術部

서무부 so*.mu.bu

庶務部 【漢字】庶務部

개발부 ge*.bal.bu

開發部 【漢字】開發部

예산부 ye.san.bu

預算部 【漢字】豫算部

연구부 yo*n.gu.bu

研究部 【漢字】研究部

총무부 chong.mu.bu

總務部 【漢字】總務部

재무부je*.mu.bu

財務部 【漢字】財務部

관리부gwal.li.bu

管理部 【漢字】管理部

영업부yo*ng.o*p.bu

營業部 【漢字】營業部

제조부je.jo.bu

製造部 【漢字】製造部

품질관리부 pum.jil.gwal.li.bu

品管部 【漢字】品質管理部

공장 gong.jang

工廠 【漢字】工場

창고 chang.go

倉庫 【漢字】倉庫

회장 hwe.jang

董事長 【漢字】會長

이사장 i.sa.jang

理事長 【漢字】理事長

사장 sa.jang

總經理 【漢字】社長

경리 gyo*ng.ni

經理 【漢字】經理

매니저 me*.ni.jo*

部門經理 【外來語】manager

비서 bi.so*

秘書 【漢字】祕書

처장 cho*.jang

處長 【漢字】處長

회계사 hwe.gye.sa

會計 【漢字】會計士

업무 인원 o*m.mu/i.nwon

業務人員 【漢字】業務人員

과장 gwa.jang

課長 【漢字】課長

부장 bu.jang

部長 【漢字】部長

대리 de*.ri

代理 【漢字】代理

상무 sang.mu

常務 【漢字】常務

주임 ju.im

主任 【漢字】主任

실장 sil.jang

室長 【漢字】室長

공장장 gong.jang.jang

工廠廠長 【漢字】工場長

월급 wol.geup

月薪 【漢字】月給

월급날 wol.geum.nal

發薪日 【漢字】月給-

수당 su.dang

津貼 【漢字】手當

보너스 bo.no*.seu

獎金 【外來語】bonus

상여금 sang.yo*.geum

獎金 【漢字】賞與金

급료 geum.nyo

工資 【漢字】給料

급여 geu.byo*

工資 【漢字】給與

퇴직금 twe.jik.geum

退職金 【漢字】退職金

연봉 yo*n.bong

年薪 【漢字】年俸

커미션 ko*.mi.syo*n

佣金 【外來語】commission

휴가 hyu.ga

休假 【漢字】休暇

유급 휴가 yu.geup/hyu.ga

有薪休假 【漢字】有給休暇

무급 휴가 mu.geup/hyu.ga

無薪休假 【漢字】無給休暇

휴일 hyu.il

休息日 【漢字】休日

병가 yo*ng.ga

病假 【漢字】病暇

육아 휴가 yu.ga/hyu.ga

育兒假 【漢字】育兒休暇

복상 휴가 bok.ssang/hyu.ga

喪假 【漢字】服喪休暇

출산 휴가 chul.san/hyu.ga

產假 【漢字】出產休暇

훈련 hul.lyo*n

培訓 【漢字】訓煉

근무하다 geun.mu.ha.da

工作 【漢字】勤務--

출근하다 chul.geun.ha.da

上班 【漢字】出勤--

퇴근하다 twe.geun.ha.da

下班 【漢字】退勤--

잔업하다 ja.no*.pa.da

加班 【漢字】殘業--

결근하다 gyo*l.geun.ha.da

缺勤 【漢字】缺勤--

담당하다 dam.dang.ha.da

負責 【漢字】擔當--

출장 가다 chul.jang/ga.da

出差 【漢字】出場--

在街上

가게 ga.ge

商店

상점 간판 sang.jo*m/gan.pan

商店招牌 【漢字】商店看板

빌딩 bil.ding

大廈 【外來語】building

사무실 빌딩 sa.mu.sil/bil.ding

辦公大樓 【外漢】事務室building

아파트 a.pa.teu

公寓 【外來語】apartment

경찰서 gyo*ng.chal.sso*

警察局 【漢字】警察署

도로 do.ro

道路 【漢字】道路

길 gil

路

차 cha

車 【漢字】車

삼거리 sam.go*.ri

三叉路口 【漢字】三--

사거리 sa.go*.ri

四字路口 【漢字】四--

모퉁이 mo.tung.i

轉角

사람 sa.ram

人

보행자 bo.he*ng.ja

行人 【漢字】步行者

신호등 sin.ho.deung

紅綠燈 【漢字】信號燈

횡단보도 hweng.dan.bo.do

斑馬線 【漢字】橫斷步道

차도 cha.do

車道 【漢字】車道

도로 표지 do.ro/pyo.ji

道路標示 【漢字】道路標識

교통경찰 gyo.tong.gyo*ng.chal

交通警察 【漢字】交通警察

안내도 an.ne*.do

指南 【漢字】案內圖

전봇대 jo*n.bot.de*

電線杆 【漢字】電報-

고압 전선 go.ap/jo*n.so*n

高壓電線 【漢字】高壓電線

자동판매기 ja.dong.pan.me*.gi

自動販賣機 【漢字】自動販賣機

가로등 ga.ro.deung

路燈 【漢字】街路燈

가로수 ga.ro.su

路樹 【漢字】街路樹

하수구 덮개 ha.su.gu/do*p.ge*

水溝蓋 【漢字】下水溝--

공중전화 gong.jung.jo*n.hwa

公共電話 【漢字】公衆電話

쓰레기통 sseu.re.gi.tong

垃圾桶 【漢字】---桶

공원 gong.won

公園 【漢字】公園

벤치 ben.chi

長椅 【外來語】bench

분수 bun.su

噴水池 【漢字】噴水

육교 yuk.gyo

天橋 【漢字】陸橋

구름다리 gu.reum.da.ri

吊橋

지하도 ji.ha.do

地下道 【漢字】地下道

노점 no.jo*m

路邊攤 【漢字】露店

在飯店

호텔 ho.tel

飯店 【外來語】hotel

특급 호텔 teuk.geup/ho.tel

五星級飯店 【漢外】特級hotel

비즈니스 호텔 bi.jeu.ni.seu/ho.tel

商務飯店 【外來語】business hotel

유스호스텔 yu.seu.ho.seu.tel

青年旅館 【外來語】youth hostel

별장 byo*l.jang

別墅 【漢字】別莊

민박 min.bak

民宿 【漢字】民泊

여관 yo*.gwan

旅館 【漢字】旅館

모텔 mo.tel

汽車旅館 【外來語】motel

방 bang

房間 【漢字】房

룸 rum

房間、包廂 【外來語】room

빈방 bin.bang

空房 【漢字】-房

더블 룸 do*.beul/lum

雙人房 【外來語】double room

싱글 룸 sing.geul/rum

單人房 【外來語】single room

일인실 i.rin.sil

單人房 【漢字】一人室

이인실 i.in.sil

雙人房 【漢字】二人室

다인실 da.in.sil

多人房 【漢字】-人室

객실 ge*k.ssil

客房 【漢字】客室

스위트룸 seu.wi.teu.rum

套房 【外來語】suite room

체크인 che.keu.in

入住手續 【外來語】check-in

체크아웃 che.keu.a.ut

退房 【外來語】check-out

숙박비 suk.bak.bi

住宿費 【漢字】宿泊費

비용 bi.yong

費用 【漢字】費用

계산서 gye.san.so*

帳單 【漢字】計算書

비용 표준 bi.yong/pyo.jun

收費標準 【漢字】費用標準

성수기 so*ng.su.gi

旺季 【漢字】盛需期

비수기 bi.su.gi

淡季 【漢字】非需期

숙박비 suk.bak.bi

住宿費 【漢字】宿泊費

프런트데스크 peu.ro*n.teu.de.seu.keu

服務台 【外來語】front desk

벨보이 bel.bo.i

行李員 【外來語】bell boy

투숙객 tu.suk.ge*k

房客 【漢字】投宿客

방 번호 bang/bo*n.ho

房間號碼 【漢字】房番號

열쇠 yo*l.swe

鑰匙

카드 열쇠 ka.deu/yo*l.swe

房卡鑰匙 【外來語】card--

조식권 jo.sik.gwon

早餐券 【漢字】早食卷

룸 서비스 rum/so*.bi.seu

客房服務 【外來語】room service

모닝콜 서비스 mo.ning.kol/so*.bi.seu

叫醒服務 【外來語】morning call service

세탁 서비스 se.tak/so*.bi.seu

洗衣服務 【漢外】洗濯service

대문 de*.mun

大門 【漢字】大門

로비 ro.bi

大廳 【外來語】lobby

층 cheung

樓層 【漢字】層

계단 gye.dan

樓梯 【漢字】階段

엘리베이터 el.li.be.i.to*

電梯 【外來語】elevator

커피숍 ko*.pi.syop

咖啡廳 【外來語】coffee shop

레스토랑 re.seu.to.rang

餐廳 【外來語】restaurant

연회장 yo*n.hwe.jang

宴會廳 【漢字】宴會場

노래방 no.re*.bang

卡拉OK 【漢字】--房

헬스클럽 hel.seu.keul.lo*p

健身房 【外來語】health club

바 ba

酒吧 【外來語】bar

수영장 su.yo*ng.jang

游泳池 【漢字】水泳場

사우나 sa.u.na

桑拿浴 【外來語】sauna

침대 chim.de*

床 【漢字】寢臺

싱글 베드 sing.geul/be.deu

單人床 【外來語】single bed

더블 베드 do*.beul/be.deu

雙人床 【外來語】double bed

침대 머릿장 chim.de*/mo*.rit.jjang

床頭櫃 【漢字】寢臺--欌

램프 re*m.peu

燈 【外來語】lamp

침대 시트 chim.de*/si.teu

床單 【漢外】寢臺sheet

이불 i.bul

棉被

베개 be.ge*

枕頭

벽장 byo*k.jjang

壁櫥 【漢字】壁欌

옷걸이 ot.go*.ri

衣架

화장대 hwa.jang.de*

梳妝台 【漢字】化粧臺

텔레비전 tel.le.bi.jo*n

電視 【外來語】television

전화기 jo*n.hwa.gi

電話 【漢字】電話機

소파 so.pa

沙發 【外來語】sofa

욕조 yok.jjo

浴缸 【漢字】浴槽

비누 bi.nu

肥皂

샴푸 syam.pu

洗髮精 【外來語】shampoo

칫솔 chit.ssol

牙刷 【漢字】齒-

치약 chi.yak

牙膏 【漢字】齒藥

목욕타월 mo.gyok.ta.wol

浴巾 【漢外】沐浴towel

샤워기 sya.wo.gi

淋浴器 【外漢】shower器

搭公車

버스 bo*.seu

公車 【外來語】bus

고속 버스 go.sok/bo*.seu

客運 【漢外】高速bus

공항 버스 gong.hang/bo*.seu

機場巴士 【漢外】空港bus

관광 버스 gwan.gwang/bo*.seu

觀光巴士 【漢外】觀光bus

시외버스 si.we.bo*.seu

長途巴士 【漢外】市外bus

정류장 jo*ng.nyu.jang

站牌 【漢字】停留場

종점 jong.jo*m

終點站 【漢字】終點

운전기사 un.jo*n.gi.sa

司機 【漢字】運轉技士

버스 터미널 bo*.seu/to*.mi.no*l

公車總站 【外來語】bus terminal

노선 안내도 no.so*n/an.ne*.do

路線圖 【漢字】路線案內圖

노약자석 no.yak.jja.so*k

博愛座 【漢字】老弱者席

하차벨 ha.cha.bel

下車鈴 【漢外】下車bell

빈 자리 bin/ja.ri

空位

搭地鐵

Track 231

지하철 ji.ha.cho*l

地鐵 【漢字】地下鐵

지하철 역 ji.ha.cho*l/yo*k

地鐵站 【漢字】地下鐵驛

승객 seung.ge*k

乘客 【漢字】乘客

손잡이 son.ja.bi

手拉環

자리 ja.ri

位子

좌석 jwa.so*k

座位 【漢字】座席

경로석 gyo*ng.no.so*k

博愛座 【漢字】敬老席

자동 매표기 ja.dong/me*.pyo.gi

自動售票機 【漢字】自動賣票機

표 파는 곳 pyo/pa.neun/got

售票處

티머니 ti.mo*.ni

交通卡 【外來語】T-money

교통카드 충전기 gyo.tong.ka.deu/chung.jo*n.gi

交通卡儲值機 【漢外】交通card充電器

갈아타는 곳 ga.ra.ta.neun/got

換乘處

환승역 hwan.seung.yo*k

換乘站 【漢字】換乘驛

호선 ho.so*n

號線

2호선 i.ho.so*n

2號線

지하철 노선도 ji.ha.cho*l/no.so*n.do

地鐵圖 【漢字】地下鐵路線圖

搭計程車

택시 te*k.ssi

計程車 【外來語】taxi

일반 택시 il.ban/te*k.ssi

普通計程車 【漢外】一般taxi

모범 택시 mo.bo*m/te*k.ssi

模範計程車 【漢外】模範taxi

운전사 un.jo*n.sa

司機 【漢字】運轉士

기사 아저씨 gi.sa/a.jo*.ssi

司機叔叔 【漢字】技士---

주소 ju.so

地址 【漢字】住所

기본 요금gi.bon/yo.geum

起跳價 【漢字】基本料金

미터기 mi.to*.gi

跳表器 【外漢】meter器

빈 차 bin/cha

空車

지름길 ji.reum.gil

捷徑

거스름돈 go*.seu.reum.don

找的錢

開車

멀다 mo*l.da

遠

가깝다 ga.gap.da

近

전진하다 jo*n.jin.ha.da

前進 【漢字】前進--

후진하다 hu.jin.ha.da

後退 【漢字】後進--

좌회전 jwa.hwe.jo*n

左轉 【漢字】左回轉

우회전 u.hwe.jo*n

右轉 【漢字】右回轉

우회전 금지 u.hwe.jo*n/geum.ji

禁止右轉 【漢字】右回轉禁止

좌회전 금지 jwa.hwe.jo*n/geum.ji

禁止左轉 【漢字】左回轉禁止

출입 금지 chu.rip/geum.ji

禁止出入 【漢字】出入禁止

회전 금지 hwe.jo*n/geum.ji

禁止迴轉 【漢字】回轉禁止

U턴 금지 u.to*n/geum.ji

禁止迴轉 【外漢】U-turn禁止

통행 금지 tong.he*ng/geum.ji

禁止通行 【漢字】通行禁止

주차 금지 ju.cha/geum.ji

禁止停車 【漢字】駐車禁止

공사중 gong.sa.jung

施工中 【漢字】工事中

일방통행 il.bang.tong.he*ng

單行道 【漢字】一方通行

서행 so*.he*ng

慢行 【漢字】徐行

정지 jo*ng.ji

停止 【漢字】停止

천천히 cho*n.cho*n.hi

請慢行

빨간불 bal.gan.bul

紅燈

파란불 pa.ran.bul

綠燈

노란불 no.ran.bul

黃燈

도로 do.ro

道路 【漢字】道路

교차로 gyo.cha.ro

交叉路口 【漢字】交叉路

주차장 ju.cha.jang

停車場 【漢字】駐車場

주유소 ju.yu.so

加油站 【漢字】注油所

셀프 주유소 sel.peu/ju.yu.so

自助加油站 【外漢】self注油所

고속도로 go.sok.do.ro

高速公路 【漢字】高速道路

차선 cha.so*n

車道 【漢字】車線

갓길 gat.gil

路肩

운전 면허증 un.jo*n/myo*n.ho*.jeung

駕駛執照 【漢字】運轉免許證

在汽車展示場

Track 236

자동차 전시회 ja.dong.cha/jo*n.si.hwe

汽車展覽會 【漢字】自動車展示會

혼다 hon.da

本田 【外來語】Honda

벤츠 ben.cheu

賓士 【外來語】Benz

포드 po.deu

福特 【外來語】Ford

아우디 a.u.di

奧迪 【外來語】Audi

포르쉐 po.reu.swe

保時捷 【外來語】Porsche

페라리 pe.ra.ri

法拉力 【外來語】Ferrari

미쓰비시 mi.sseu.bi.si

三菱 【外來語】Mitsubishi

도요타 do.yo.ta

豐田 【外來語】Toyota

차 cha

車 【漢字】車

자동차 ja.dong.cha

汽車 【漢字】自動車

자가용 ja.ga.yong

自用車 【漢字】自家用

수입차 su.ip.cha

進口車 【漢字】輸入車

국산차 guk.ssan.cha

國產車 【漢字】國產車

중고차 jung.go.cha

二手車 【漢字】中古車

렌터카 ren.to*.ka

租車 【外來語】rent-a-car

경차 gyo*ng.cha

小型車 【漢字】輕車

사륜구동차 sa.ryun.gu.dong.cha

四輪驅動車 【漢字】四輪驅動車

트럭 teu.ro*k

卡車 【外來語】truck

화물차 hwa.mul.cha

貨車 【漢字】貨物車

오토바이 o.to.ba.i

摩托車 【外來語】auto bicycle

자전거 ja.jo*n.go*

腳踏車 【漢字】自轉車

새차 se*.cha

新車

세차 se.cha

洗車 【漢字】洗車

핸들 he*n.deul

方向盤 【外來語】handle

브레이크 beu.re.i.keu

煞車 【外來語】brake

와이퍼 wa.i.po*

雨刷 【外來語】wiper

백미러 be*ng.mi.ro*

後視鏡 【外來語】back mirror

타이어 ta.i.o*

輪胎 【外來語】tire

트렁크 teu.ro*ng.keu

車箱 【外來語】trunk

보닛 bo.nit

引擎蓋 【外來語】bonnet

액셀 e*k.ssel

油門 【外來語】accelerator

안전벨트 an.jo*n.bel.teu

安全帶 【漢外】安全belt

번호판 bo*n.ho.pan

車牌 【漢字】番號版

차바퀴 cha.ba.kwi

車輪 【漢字】車--

차창 cha.chang

車窗 【漢字】車窓

在銀行

Track 239

은행 eun.he*ng

銀行 【漢字】銀行

은행원 eun.he*ng.won

銀行職員 【漢字】銀行員

현금인출기 hyo*n.geu.min.chul.gi

提款機 【漢字】現金引出機

안내데스크 an.ne*.de.seu.keu

服務臺 【漢外】案內desk

계좌 gye.jwa

帳戶 【漢字】計座

이자 i.ja

利息 【漢字】利子

인감 in.gam

印鑑 【漢字】印鑑

통장 tong.jang

存折 【漢字】通帳

신용카드 si.nyong.ka.deu

信用卡 【漢外】信用card

현금카드 hyo*n.geum.ka.deu

現金卡 【漢外】現金card

수표 su.pyo

支票 【漢字】手票

여행자 수표 yo*.he*ng.ja.su.pyo

旅行支票 【漢字】旅行者手票

주식 ju.sik

股票 【漢字】株式

입금 ip.geum

存錢 【漢字】入金

출금 chul.geum

付款 【漢字】出金

납부금 nap.bu.geum

應付金 【漢字】納付金

이체 i.che

轉賬 【漢字】移替

대출 de*.chul

借貸 【漢字】貸出

저당 jo*.dang

抵押 【漢字】抵當

저당 증권 jo*.dang/jeung.gwon

抵押證卷 【漢字】抵當證券

정기예금 jo*ng.gi.ye.geum

定期存款 【漢字】定期預金

환전소 hwan.jo*n.so

換錢所 【漢字】換錢所

환전 hwan.jo*n

換錢 【漢字】換錢

외환 we.hwan

外匯 【漢字】外換

한화 han.hwa

韓幣 【漢字】韓貨

대만달러 de*.man.dal.lo*

新台幣 【漢外】臺灣Dollar

대만돈 de*.man.don

台幣 【漢字】臺灣-

인민폐 in.min.pye

人民幣 【漢字】人民幣

엔화 en.hwa

日幣 【外漢】Yen貨

달러 dal.lo*

美元 【外來語】dollar

환율 hwa.nyul

匯率 【漢字】換率

환율 변동 hwa.nyul/byo*n.dong

匯率波動 【漢字】換率變動

현금 hyo*n.geum

現金 【漢字】現金

수수료 su.su.ryo

手續費 【漢字】手數料

환어음 hwa.no*.eum

匯票 【漢字】換--

어음 o*.eum

票據

새 지폐 se*/ji.pye

新鈔 【漢字】-紙幣

헌 지폐 ho*n/ji.pye

舊鈔 【漢字】-紙幣

동전 dong.jo*n

硬幣 【漢字】銅錢

액면가 e*ng.myo*n.ga

面額 【漢字】額面價

발권 bal.gwon

發行 【漢字】發券

발권 은행 bal.gwon/eun.he*ng

發行債 銀行 【漢字】發券銀行

은행 창구 eun.he*ng/chang.gu

銀行窗口 【漢字】銀行窓口

在郵局

우체국 u.che.guk

郵局 【漢字】郵遞局

우체통 u.che.tong

郵筒 【漢字】郵遞筒

우체부 u.che.bu

郵差 【漢字】郵遞夫

우편 u.pyo*n

郵件 【漢字】郵便

우편료 u.pyo*l.lyo

郵資 【漢字】郵便料

편지 pyo*n.ji

信件 【漢字】便紙

봉투 bong.tu

信封 【漢字】封套

우표 u.pyo

郵票 【漢字】郵票

소포 so.po

包裹 【漢字】小包

내용물 ne*.yong.mul

內容物 【漢字】內容物

등기우편 deung.gi.u.pyo*n

掛號 【漢字】登記郵便

보통우편 bo.tong.u.pyo*n

普通郵件 【漢字】普通郵便

항공우편 hang.gong.u.pyo*n

航空郵件 【漢字】航空郵便

속달우편 sok.da.ru.pyo*n

郵政快遞 【漢字】速達郵便

우편물 u.pyo*n.mul

郵件 【漢字】郵便物

보내는 사람 bo.ne*.neun.sa.ram

寄件人

받는 사람 ban.neun.sa.ram

收件人

우편함 u.pyo*n.ham

信箱 【漢字】郵便函

빠른 우편 ba.reun/u.pyo*n

快遞 【漢字】--郵便

속달 우편 sok.dal/u.pyo*n

快遞 【漢字】速達郵便

항공편 hang.gong.pyo*n

空運 【漢字】航空便

우편번호 u.pyo*n.bo*n.ho

郵政編號 【漢字】郵便番號

운송비 un.song.bi

運費 【漢字】運送費

배달 be*.dal

送貨 【漢字】配達

주소 ju.so

住址 【漢字】住所

연락처 yo*l.lak.cho*

通訊方式 【漢字】連絡處

택배 te*k.be*

宅配 【漢字】宅配

연하장 yo*n.ha.jang

賀年卡 【漢字】年賀狀

엽서 yo*p.sso*

明信片 【漢字】葉書

크리스마스 카드 keu.ri.seu.ma.seu/ka.deu

聖誕賀卡 【外來語】Christmas card

생일 카드 se*ng.il/ka.deu

生日卡片 【漢外】生日card

在首爾市區

명동 myo*ng.dong

明洞 【漢字】明洞

종각 jong.gak

鐘閣 【漢字】鐘閣

시청 si.cho*ng

市政府 【漢字】市廳

신촌 sin.chon

新村 【漢字】新村

안국 an.guk

安國 【漢字】安國

광화문 gwang.hwa.mun

光化門 【漢字】光化門

이태원 i.te*.won

梨泰院 【漢字】梨泰院

여의도 yo*.ui.do

汝矣島 【漢字】汝矣島

강남 gang.nam

江南 【漢字】江南

용산 yong.san

龍山 【漢字】龍山

홍대 hong.de*

弘益大學 【漢字】弘大

경복궁 gyo*ng.bok.gung

景福宮 【漢字】景福宮

창덕궁 chang.do*k.gung

昌德宮 【漢字】昌德宮

덕수궁 do*k.ssu.gung

德壽宮 【漢字】德壽宮

경희궁 gyo*ng.hi.gung

慶熙宮 【漢字】慶熙宮

종묘 jong.myo

宗廟 【漢字】宗廟

청계천 cho*ng.gye.cho*n

清溪川 【漢字】清溪川

국립중앙박물관 gung.nip.jjung.ang.bang.mul.gwan

國立中央博物館 【漢字】國立中央博物館

국립고궁박물관 gung.nip.go.gung.bang.mul.gwan

國立古宮博物館 【漢字】國立古宮博物館

세종문화회관 se.jong.mun.hwa.hwe.gwan

世宗文化會館 【漢字】世宗文化會館

남산공원 nam.san.gong.won

南山公園 【漢字】南山公園

프리마켓 peu.ri.ma.ket

藝術自由市場 【外來語】Free Market

서울타워 so*.ul.ta.wo

首爾塔 【外來語】--tower

인사동 in.sa.dong

仁寺洞 【漢字】仁寺洞

대학로 de*.hang.no

大學路 【漢字】大學路

명동 성당 myo*ng.dong/so*ng.dang

天主教明洞聖堂 【漢字】明洞聖堂

청와대 cho*ng.wa.de*

青瓦臺 【漢字】靑瓦臺

63빌딩 yuk.ssam.bil.ding

63大廈 【外來語】63 building

롯데백화점 rot.de.be*.kwa.jo*m

樂天百貨公司 【外漢】LOTTE百貨店

한강 han.gang

漢江 【漢字】漢江

롯데월드 rot.de.wol.deu

樂天世界 【外來語】Lotte World

동대문시장 dong.de*.mun.si.jang

東大門市場 【漢字】東大門市場

남대문시장 nam.de*.mun.si.jang

南大門市場 【漢字】南大門市場

압구정 ap.gu.jo*ng

狎鷗亭 【漢字】狎鷗亭

청담동 cho*ng.dam.dong

清潭洞 【漢字】清潭洞

삼청동 sam.cho*ng.dong

三清洞 【漢字】三清洞

정동극장 jo*ng.dong.geuk.jjang

貞洞劇場 【漢字】貞洞劇場

북촌 한옥마을 buk.chon/ha.nong.ma.eul

北村韓屋村 【漢字】北村韓屋--

남산골 한옥마을 nam.san.gol/ha.nong.ma.eul

南山谷韓屋村 【漢字】南山-韓屋--

【會話例句】買化妝品

Track 249

화장품 코너는 어디 있습니까?
hwa.jang.pum/ko.no*.neun/o*.di/it.sseum.ni.ga
請問化妝品區在哪裡？

겨울철 피부관리는 어떻게 해야 하나요?
gyo*.ul.cho*l/pi.bu.gwal.li.neun/o*.do*.ke/he*.ya/ha.na.yo
冬天的時候應該怎麼保養呢？

발라 봐도 돼요?
bal.la/bwa.do/dwe*.yo
我可以試擦看看嗎？

보습 크림은 어디에 있어요?
bo.seup/keu.ri.meun/o*.di.e/i.sso*.yo
請問保濕霜在哪裡？

비비크림 샘플 좀 주시겠어요?
bi.bi.keu.rim/se*m.peul/jom/ju.si.ge.sso*.yo
可以給我BB霜的試用包嗎？

아이섀도를 좀 보여 주세요.
a.i.sye*.do.reul/jjom/bo.yo*/ju.se.yo
請給我看眼影。

매니큐어는 지금 세일 중입니까?
me*.ni.kyu.o*.neun/ji.geum/se.il/jung.im.ni.ga
指甲油現在在打折嗎？

【會話例句】在麵包店

롤빵 하나 주세요.

rol.bang/ha.na/ju.se.yo

請給我一個麵包捲。

여기 통밀빵이 없어요?

yo*.gi/tong.mil.bang.i/o*p.sso*.yo

這裡沒有全麥麵包嗎？

생일 케이크를 주문하고 싶어요.

se*ng.il/ke.i.keu.reul/jju.mun.ha.go/si.po*.yo

我想訂購生日蛋糕。

이 케이크는 무엇으로 만들었어요?

i/ke.i.keu.neun/mu.o*.seu.ro/man.deu.ro*.sso*.yo

這個蛋糕是用什麼做的？

과일 케이크 말고 초콜릿 케이크로 주세요.

gwa.il/ke.i.keu/mal.go/cho.kol.lit/ke.i.keu.ro/ju.se.yo

我不要水果蛋糕，請給我巧克力蛋糕。

식빵하고 딸기잼을 주세요.

sik.bang.ha.go/dal.gi.je*.meul/jju.se.yo

請給我吐司麵包和草莓果醬。

이 생크림 케이크는 제조 일이 언제예요?

i/se*ng.keu.rim/ke.i.keu.neun/je.jo/i.ri/o*n.je.ye.yo

這個鮮奶油蛋糕的製造日期是什麼時候？

【會話例句】在居酒屋

Track 251

갈이 맥주 한 잔 어때요?

ga.chi/me*k.jju/han/jan/o*.de*.yo

要不要一起喝杯啤酒？

술 좀 더 시킵시다.

sul/jom/do*/si.kip.ssi.da

我們再點些酒吧。

소주 한 병하고 컵 두 개 주세요.

so.ju/han/byo*ng.ha.go/ko*p/du/ge*/ju.se.yo

請給我一瓶燒酒兩個杯子。

술 못 마셔요.

sul/mot/ma.syo*.yo

我不會喝酒。

벌써 취했어요?

bo*l.sso*/chwi.he*.sso*.yo

你已經醉了啊？

자, 모두들 건배합시다.

ja//mo.du.deul/go*n.be*.hap.ssi.da

來，大家一起乾杯。

소주 한 병 더 주세요.

so.ju/han/byo*ng/do*/ju.se.yo

請再給我一瓶燒酒。

【會話例句】在路邊攤

Track 252

아주머님, 이거 좀 데워 주세요.

a.ju.mo*.nim//i.go*/jom/de.wo/ju.se.yo

阿姨，這個幫我熱一下。

계란빵 한 개에 얼마예요?

gye.ran.bang/han/ge*.e/o*l.ma.ye.yo

(韓式)雞蛋糕一個多少錢？

국물을 많이 주십시오.

gung.mu.reul/ma.ni/ju.sip.ssi.o

湯請給我多一點。

아저씨, 순대 일인분 주세요.

a.jo*.ssi//sun.de*/i.rin.bun/ju.se.yo

大叔，給我一人份的糯米腸。

여기서 먹겠습니다.

yo*.gi.so*/mo*k.get.sseum.ni.da

我要在這裡吃。

떡볶이 하나 주세요.

do*k.bo.gi/ha.na/ju.se.yo

請給我一份辣炒年糕。

여기 파전 있습니까?

yo*.gi/pa.jo*n/it.sseum.ni.ga

這裡有沒有賣煎蔥餅？

【會話例句】買衣服

Track 253

청바지를 찾고 있습니다.

cho*ng.ba.ji.reul/chat.go/it.sseum.ni.da

我在找牛仔褲。

저 짧은 치마 좀 보여 주세요.

jo*/jjal.beun/chi.ma/jom/bo.yo*/ju.se.yo

請給我看看那件短裙。

입어봐도 될까요?

i.bo*.bwa.do/dwel.ga.yo

我可以試穿嗎？

탈의실은 어디에 있습니까?

ta.rui.si.reun/o*.di.e/it.sseum.ni.ga

請問試衣間在哪裡？

제게는 너무 크지요?

je.ge.neun/no*.mu/keu.ji.yo

我穿起來太大了對吧？

죄송하지만 그건 프리 사이즈입니다.

jwe.song.ha.ji.man/geu.go*n/peu.ri/sa.i.jeu.im.ni.da

對不起，那是one size。

이런 색깔은 별로 마음에 안 들어요.

i.ro*n/se*k.ga.reun/byo*l.lo/ma.eu.me/an/deu.ro*.yo

這種顏色我不怎麼喜歡。

【會話例句】買鞋子

Track 254

여기 운동화도 파나요?

yo*.gi/un.dong.hwa.do/pa.na.yo

這裡也有賣運動鞋嗎？

이 구두를 신어봐도 될까요?

i/gu.du.reul/ssi.no*.bwa.do/dwel.ga.yo

我可以試穿這雙皮鞋嗎？

더 큰 사이즈가 있나요?

do*/keun/sa.i.jeu.ga/in.na.yo

有再大一點的尺寸嗎？

더 작은 사이즈를 보여 주시겠어요?

do*/ja.geun/sa.i.jeu.reul/bo.yo*/ju.si.ge.sso*.yo

可以拿再小一點的給我看看嗎？

치수가 어떻게 되십니까?

chi.su.ga/o*.do*.ke/dwe.sim.ni.ga

您穿幾號鞋？

좀 커요.

jom/ko*.yo

有點大。

조금 타이트합니다.

jo.geum/ta.i.teu.ham.ni.da

有點緊。

【會話例句】詢問顏色、款式

Track 255

다른 종류는 뭐가 있어요?
da.reun/jong.nyu.neun/mwo.ga/i.sso*.yo
有哪些其他的種類？

이런 스타일은 어떠십니까?
i.ro*n/seu.ta.i.reun/o*.do*.sim.ni.ga
這種樣式您覺得如何？

다른 색깔은 없습니까?
da.reun/se*k.ga.reun/o*p.sseum.ni.ga
沒有其他顏色嗎？

어떤 색이 저에게 어울려요?
o*.do*n/se*.gi/jo*.e.ge/o*.ul.lyo*.yo
什麼顏色適合我？

질이 더 좋은 게 있어요?
ji.ri/do*/jo.eun/ge/i.sso*.yo
有品質更好的嗎？

이것으로 검은색이 있습니까?
i.go*.seu.ro/go*.meun.se*.gi/it.sseum.ni.ga
這個有黑色嗎？

뭘 추천하시겠어요?
mwol/chu.cho*n.ha.si.ge.sso*.yo
您推薦什麼？

【會話例句】殺價

Track 256

지금 세일 중입니까?

ji.geum/se.il/jung.im.ni.ga

現在在打折嗎？

이 가방은 왜 세일을 안 합니까?

i/ga.bang.eun/we*/se.i.reul/an/ham.ni.ga

這個包包為什麼沒打折？

이것은 할인 제품이 아닙니까?

i.go*.seun/ha.rin/je.pu.mi/a.nim.ni.ga

這不是特價商品嗎？

너무 비싸요.

no*.mu/bi.ssa.yo

太貴了。

좀 깎아 주세요.

jom/ga.ga/ju.se.yo

請算便宜一點。

더 싸게 주세요.

do*/ssa.ge/ju.se.yo

請算便宜一點。

좀 더 할인해 주시겠어요?

jom/do*/ha.rin.he*/ju.si.ge.sso*.yo

可以打折給我嗎？

【會話例句】結帳、付款

Track 257

모두 얼마입니까?
mo.du/o*l.ma.im.ni.ga
總共多少錢？

신용카드를 받나요?
si.nyong.ka.deu.reul/ban.na.yo
可以刷卡嗎？

거스름돈이 틀려요.
go*.seu.reum.do.ni/teul.lyo*.yo
找錯錢了。

할부로 살 수 있어요?
hal.bu.ro/sal/ssu/i.sso*.yo
可以分期付款嗎？

포장해 주시겠어요?
po.jang.he*/ju.si.ge.sso*.yo
可以幫我包裝嗎？

영수증을 주세요.
yo*ng.su.jeung.eul/jju.se.yo
請給我收據。

종이 봉투 하나 더 주시겠어요?
jong.i/bong.tu/ha.na/do*/ju.si.ge.sso*.yo
可以再給我一個紙袋嗎？

【會話例句】在便利商店

Track 258

저 앞에 편의점이 있네요.
jo*/a.pe/pyo*.nui.jo*.mi/in.ne.yo
前面有一家便利商店耶！

담배 한 갑 주세요.
dam.be*/han/gap/ju.se.yo
請給我一包菸。

여기 티머니를 충전할 수 있어요?
yo*.gi/ti.mo*.ni.reul/chung.jo*n.hal/ssu/i.sso*.yo
這裡可以加值嗎T-money嗎？

여기 우산을 파나요?
yo*.gi/u.sa.neul/pa.na.yo
這裡有賣雨傘嗎？

빨대 좀 주시겠어요?
bal.de*/jom/ju.si.ge.sso*.yo
可以給我吸管嗎？

모두 얼마예요?
mo.du/o*l.ma.ye.yo
總共多少錢？

영수증과 잔돈을 받으십시오.
yo*ng.su.jeung.gwa/jan.do.neul/ba.deu.sip.ssi.o
請收下收據及零錢。

【會話例句】買眼鏡

Track 259

시력검사 좀 해 주세요.

si.ryo*k.go*m.sa/jom/he*/ju.se.yo

請幫我測度數。

예쁜 안경 좀 추천해 주세요.

ye.beun/an.gyo*ng/jom/chu.cho*n.he*/ju.se.yo

請推薦漂亮的眼鏡給我看看。

여기 안경 수리는 가능합니까?

yo*.gi/an.gyo*ng/su.ri.neun/ga.neung.ham.ni.ga

這裡可以修理眼鏡嗎？

3만원 이하의 칼라렌즈를 보여 주세요.

sam.ma.nwon/i.ha.ui/kal.la.ren.jeu.reul/bo.yo*/ju.se.yo

請給我看三萬韓元以內的變色片。

렌즈 보존액 한 병에 얼마예요?

ren.jeu/bo.jo.ne*k/han/byo*ng.e/o*l.ma.ye.yo

鏡片保養液一瓶多少錢？

렌즈통은 공짜로 주나요?

ren.jeu.tong.eun/gong.jja.ro/ju.na.yo

眼鏡盒是送的嗎？

혹시 써클렌즈도 파나요?

hok.ssi/sso*.keul.len.jeu.do/pa.na.yo

這裡也有賣放大片嗎？

【會話例句】咖啡廳

Track 260

카푸치노 한 잔 주세요.

ka.pu.chi.no/han/jan/ju.se.yo

請給我一杯卡布奇諾。

카페라떼 한 잔 얼마입니까?

ka.pe.ra.de/han/jan/o*l.ma.im.ni.ga

咖啡拿鐵一杯多少錢？

어떤 컵 사이즈로 드려요?

o*.do*n/ko*p/sa.i.jeu.ro/deu.ryo*.yo

您要大杯、中杯、小杯？

따뜻한 커피인가요, 냉 커피인가요?

da.deu.tan/ko*.pi.in.ga.yo//ne*ng/ko*.pi.in.ga.yo

您要熱的咖啡，還是冰的咖啡？

커피 위에 휘핑크림 괜찮으세요?

ko*.pi/wi.e/hwi.ping.keu.rim/gwe*n.cha.neu.se.yo

咖啡上幫您加奶油可以嗎？

아이스커피 큰 컵 한 잔 주세요.

a.i.seu.ko*.pi/keun/ko*p/han/jan/ju.se.yo

給我一杯大杯的冰咖啡。

딸기 케이크로 주세요.

dal.gi/ke.i.keu.ro/ju.se.yo

請給我草莓蛋糕。

【會話例句】美髮沙龍

Track 261

근처에 미용실이 있나요?

geun.cho*.e/mi.yong.si.ri/in.na.yo

這附近有美容院嗎？

오늘 저녁에 예약할 수 있어요?

o.neul/jjo*.nyo*.ge/ye.ya.kal/ssu/i.sso*.yo

我可以預約今天晚上嗎？

머리를 짧게 잘라 주세요.

mo*.ri.reul/jjap.ge/jal.la/ju.se.yo

請幫我把頭髮剪短。

너무 짧게 자르지 마세요.

no*.mu/jjap.ge/ja.reu.ji/ma.se.yo

請不要剪得太短。

샴푸해 주세요.

syam.pu.he*/ju.se.yo

請幫我洗頭髮。

머리 스타일을 바꾸려고 해요.

mo*.ri/seu.ta.i.reul/ba.gu.ryo*.go/he*.yo

我想換髮型。

갈색으로 염색해 주세요.

gal.sse*.geu.ro/yo*m.se*.ke*/ju.se.yo

請幫我染成棕色。

【會話例句】泡三溫暖

갈이 찜질방에 갈까요?
ga.chi/jjim.jil.bang.e/gal.ga.yo
要不要一起去汗蒸幕？

한 명에 얼마입니까?
han/myo*ng.e/o*l.ma.im.ni.ga
一個人多少錢？

빨리 찜질복으로 갈아입어요.
bal.li/jjim.jil.bo.geu.ro/ga.ra.i.bo*.yo
快點換穿桑拿服。

구운 계란하고 식혜를 먹고 싶어요.
gu.un/gye.ran.ha.go/si.kye.reul/mo*k.go/si.po*.yo
我想吃烤雞蛋和甜米露。

때밀이 가격은 얼마예요?
de*.mi.ri/ga.gyo*.geun/o*l.ma.ye.yo
搓背要多少錢？

수건은 어디서 구할 수 있어요?
su.go*.neun/o*.di.so*/gu.hal/ssu/i.sso*.yo
毛巾要去哪裡拿？

여탕입구는 어디예요?
yo*.tang.ip.gu.neun/o*.di.ye.yo
女湯入口在哪裡？

【會話例句】在KTV

Track 263

이 노래 알아? 같이 부르자.

i/no.re*/a.ra//ga.chi/bu.reu.ja

你會唱這首歌嗎？一起唱吧！

남은 시간은 제가 선곡할게요.

na.meun/si.ga.neun/je.ga/so*n.go.kal.ge.yo

剩下的時間我來選歌。

노래책하고 리모콘 좀 줄래요?

no.re*.che*.ka.go/ri.mo.kon/jom/jul.le*.yo

可以給我歌本和遙控器嗎？

마이크 음량이 너무 높은 것 같아요.

ma.i.keu/eum.nyang.i/no*.mu/no.peun/go*t/ga.ta.yo

麥克風的音量好像太大聲了。

아, 번호를 잘못 눌렀어요.

a//bo*n.ho.reul/jjal.mot/nul.lo*.sso*.yo

啊，我按錯號碼了。

왜 노래를 안 불러요?

we*/no.re*.reul/an/bul.lo*.yo

你為什麼不唱？

우리 두 시간 더 연장합시다.

u.ri/du/si.gan/do*/yo*n.jang.hap.ssi.da

我們再延長兩個小時吧。

【會話例句】看電影

Track 264

우리 영화 보러 가자.
u.ri/yo*ng.hwa/bo.ro*/ga.ja
我們一起去看電影吧。

보고 싶은 영화 있어요?
bo.go/si.peun/yo*ng.hwa/i.sso*.yo
你有想看的電影嗎？

영화 주인공은 누구예요?
yo*ng.hwa/ju.in.gong.eun/nu.gu.ye.yo
電影的主角是誰？

영화 표 한 장 얼마입니까?
yo*ng.hwa/pyo/han/jang/o*l.ma.im.ni.ga
電影票一張多少錢？

저는 복도 쪽의 자리를 원합니다.
jo*.neun/bok.do/jjo.gui/a.ri.reul/won.ham.ni.da
我要靠走道的位置。

영화는 몇 시에 시작합니까?
yo*ng.hwa.neun/myo*t/si.e/si.ja.kam.ni.ga
電影幾點開始？

영화가 재미있었습니까?
yo*ng.hwa.ga/je*.mi.i.sso*t.sseum.ni.ga
電影好看嗎？

【會話例句】買票

Track 265

표는 어디서 살 수 있어요?

pyo.neun/o*.di.so*/sal/ssu/i.sso*.yo

票要在哪裡買？

표를 두 장 예매하고 싶습니다.

pyo.reul/du/jang/ye.me*.ha.go/sip.sseum.ni.da

我想訂購兩張票。

지금이라도 표를 살 수 있습니까?

ji.geu.mi.ra.do/pyo.reul/ssal/ssu/it.sseum.ni.ga

現在還可以買票嗎？

표 한 장에 얼마입니까?

pyo/han/jang.e/o*l.ma.im.ni.ga

票一張多少錢？

아직 좌석이 있습니까?

a.jik/jwa.so*.gi/it.sseum.ni.ga

還有坐位嗎？

뒤쪽에 있는 좌석으로 주세요.

dwi.jjo.ge/in.neun/jwa.so*.geu.ro/ju.se.yo

請給我後面的坐位。

어린이는 할인이 돼요?

o*.ri.ni.neun/ha.ri.ni/dwe*.yo

小孩子有打折嗎？

【會話例句】生病不適

Track 266

이 근처에 병원이 있어요?

i/geun.cho*.e/byo*ng.wo.ni/i.sso*.yo

這附近有醫院嗎？

어디가 아프세요?

o*.di.ga/a.peu.se.yo

您哪裡不舒服？

기침하고 열이 있습니다.

gi.chim.ha.go/yo*.ri/it.sseum.ni.da

咳嗽又發燒。

감기가 걸린 것 같아요. 머리가 계속 아파요.

gam.gi.ga/go*l.lin/go*t/ga.ta.yo//mo*.ri.ga/gye.sok/a.pa.yo

我好像感冒了，頭一直很痛。

목이 아프고 콧물도 나요.

mo.gi/a.peu.go/kon.mul.do/na.yo

喉嚨很痛，也有流鼻水。

제가 넘어져서 발목이 삐었어요.

je.ga/no*.mo*.jo*.so*/bal.mo.gi/bi.o*.sso*.yo

我跌倒把腳踝扭傷了。

계속 설사가 나요.

gye.sok/so*l.sa.ga/na.yo

我一直拉肚子。

【會話例句】藥局買藥

Track 267

처방전을 주시겠습니까?

cho*.bang.jo*.neul/jju.si.get.sseum.ni.ga

可以給我處方簽嗎？

약은 하루에 몇 번 먹어요?

ya.geun/ha.ru.e/myo*t/bo*n/mo*.go*.yo

藥一天吃幾次呢？

하루에 세 번 식사 후에 드세요.

ha.ru.e/se/bo*n/sik.ssa/hu.e/deu.se.yo

一天三次飯後服用。

한 번에 두 알씩 드십시오.

han/bo*.ne/du/al.ssik/deu.sip.ssi.o

一次吃兩粒。

위통증약이 있습니까?

wi.tong.jeung.ya.gi/it.sseum.ni.ga

有胃藥嗎？

감기에 좋은 약이 있습니까?

gam.gi.e/jo.eun/ya.gi/it.sseum.ni.ga

有治感冒不錯的藥嗎？

여기 구급상자도 파나요?

yo*.gi/gu.geup.ssang.ja.do/pa.na.yo

這裡有賣急救箱嗎？

다시 한 번 설명해 주세요.
da.si/han/bo*n/so*l.myo*ng.he*/ju.se.yo
請您再說明一次。

시험이 어땠어요?
si.ho*.mi/o*.de*.sso*.yo
考試考得怎麼樣？

어제 중간 시험이 끝났어요.
o*.je/jung.gan/si.ho*.mi/geun.na.sso*.yo
昨天期中考結束了。

시험 결과가 다 나왔어요?
si.ho*m/gyo*l.gwa.ga/da/na.wa.sso*.yo
考試結果都出來了嗎？

내년에 한국에 가서 유학할 겁니다.
ne*.nyo*.ne/han.gu.ge/ga.so*/yu.ha.kal/go*m.ni.da
明年我要去韓國留學。

한국어 문법 좀 가르쳐 줄 수 있어요?
han.gu.go*/mun.bo*p/jom/ga.reu.cho*/jul/su/i.sso*.yo
可以教我韓語文法嗎？

나 정말 학교 가기 싫어요.
na/jo*ng.mal/hak.gyo/ga.gi/si.ro*.yo
我真的不想去學校。

【會話例句】上班、工作

팀장님, 좀 도와 주시겠습니까?

tim.jang.nim//jom/do.wa/ju.si.get.sseum.ni.ga

組長，可以幫忙我一下嗎？

몇 시에 출근합니까?

myo*t/si.e/chul.geun.ham.ni.ga

幾點上班？

회의 시간이 언제죠?

hwe.ui/si.ga.ni/o*n.je.jyo

開會的時間是什麼時候？

다들, 회의 준비 하세요.

da.deul//hwe.ui/jun.bi/ha.se.yo

各位，請準備開會。

오늘 야근하십니까?

o.neul/ya.geun.ha.sim.ni.ga

你今天要加班嗎？

다들 수고하셨습니다.

da.deul/ssu.go.ha.syo*t.sseum.ni.da

大家都辛苦了。

저녁 6시에 퇴근합니다.

jo*.nyo*k/yo*.so*t/si.e/twe.geun.ham.ni.da

晚上六點下班。

【會話例句】訂飯店

Track 270

방 예약을 하려고 합니다.

bang/ye.ya.geul/ha.ryo*.go/ham.ni.da

我要訂房。

이번 주말에 빈 방이 있습니까?

i.bo*n/ju.ma.re/bin/bang.i/it.sseum.ni.ga

這個週末還有空房間嗎？

더블룸 두 개를 예약하고 싶은데요.

do*.beul.lum/du/ge*.reul/ye.ya.ka.go/si.peun.de.yo

我想訂兩間雙人房。

일박에 얼마입니까?

il.ba.ge/o*l.ma.im.ni.ga

一個晚上多少錢？

삼박을 예약하려고 합니다.

sam.ba.geul/ye.ya.ka.ryo*.go/ham.ni.da

房間我想訂三天。

그것은 아침 식사가 포함된 가격이에요?

geu.go*.seun/a.chim/sik.ssa.ga/po.ham.dwen/ga.gyo*.gi.e.yo

那是包含早餐的價格嗎？

하루 더 머무를 수 있어요?

ha.ru/do*/mo*.mu.reul/ssu/i.sso*.yo

我可以再住一晚嗎？

【會話例句】搭公車

Track 271

버스 정류장은 어디에 있습니까?

bo*.seu/jo*ng.nyu.jang.eun/o*.di.e/it.sseum.ni.ga

公車站在哪裡？

우리 버스를 타고 갈까요?

u.ri/bo*.seu.reul/ta.go/gal.ga.yo

我們搭公車去好不好？

버스가 오네요. 저 버스를 타시면 됩니다.

bo*.seu.ga/o.ne.yo//jo*/bo*.seu.reul/ta.si.myo*n/dwem.ni.da

公車來了！您搭那班公車就可以了。

이 버스가 명동까지 갑니까?

i/bo*.seu.ga/myo*ng.dong.ga.ji/gam.ni.ga

這台公車會到明洞嗎？

경복궁에 가려면 어디서 내리죠?

gyo*ng.bok.gung.e/ga.ryo*.myo*n/o*.di.so*/ne*.ri.jyo

請問去景福宮要在哪裡下車？

시내로 가고 싶은데 이 버스를 타도 되죠?

si.ne*.ro/ga.go/si.peun.de/i/bo*.seu.reul/ta.do/dwe.jyo

我想去市區，可以搭這班公車吧？

동대문 시장까지는 몇 정거장이나 가야 해요?

dong.de*.mun/si.jang.ga.ji.neun/myo*t/jo*ng.go*.jang.i.na/ga.ya/he*.yo

到東大門市場還要在幾站？

【會話例句】搭地鐵

Track 272

여기 지하철 역이 없나요?

yo*.gi/ji.ha.cho*l/yo*.gi/o*m.na.yo

這裡有地鐵站嗎？

지하철 표는 어디서 살 수 있나요?

ji.ha.cho*l/pyo.neun/o*.di.so*/sal/ssu/in.na.yo

地鐵票要在哪裡買呢？

다음 역은 무슨 역입니까?

da.eum/yo*.geun/mu.seun/yo*.gim.ni.ga

下一站是什麼站？

지하철 노선도를 주십시오.

ji.ha.cho*l/no.so*n.do.reul/jju.sip.ssi.o

請給我地鐵路線圖。

여의도에 가고 싶은데 몇 호선을 타야 하나요?

yo*.ui.do.e/ga.go/si.peun.de/myo*t/ho.so*.neul/ta.ya/ha.na.yo

我想去汝矣島該搭幾號線？

환승해야 하나요?

hwan.seung.he*.ya/ha.na.yo

要換乘嗎？

티머니 카드는 어떻게 충전하나요?

ti.mo*.ni/ka.deu.neun/o*.do*.ke/chung.jo*n.ha.na.yo

T-money（交通卡）要怎麼儲值呢？

【會話例句】搭計程車

Track 273

택시를 부르고 싶습니다.
te*k.ssi.reul/bu.reu.go/sip.sseum.ni.da
我想叫計程車。

어디로 가십니까?
o*.di.ro/ga.sim.ni.ga
您要去哪裡？

인천 공항까지 부탁합니다.
in.cho*n/gong.hang.ga.ji/bu.ta.kam.ni.da
麻煩帶我到仁川機場。

아저씨, 고속도로로 갑시다.
a.jo*.ssi//go.sok.do.ro.ro/gap.ssi.da
司機大叔，我們走高速公路吧。

너무 빨라요. 좀 천천히 가 주시겠어요?
no*.mu/bal.la.yo//jom/cho*n.cho*n.hi/ga/ju.si.ge.sso*.yo
有點快，可以開慢一點嗎？

제가 좀 바쁜데 좀 빨리 가 주시겠어요?
je.ga/jom/ba.beun.de/jom/bal.li/ga/ju.si.ge.sso*.yo
我有點急，可以開快一點嗎？

저 편의점 앞에서 세워 주시면 돼요.
jo*/pyo*.nui.jo*m/a.pe.so*/se.wo/ju.si.myo*n/dwe*.yo
在那間便利商店前面停車就可以了。

【會話例句】問路

Track 274

미안합니다만, 길을 잃었어요.
mi.an.ham.ni.da.man//gi.reul/i.ro*.sso*.yo
對不起，我迷路了。

길을 좀 가르쳐 주시겠어요?
gi.reul/jjom/ga.reu.cho*/ju.si.ge.sso*.yo
可以為我指路嗎？

어디 가시는 길이세요?
o*.di/ga.si.neun/gi.ri.se.yo
您是要去哪裡呢？

서울대학교에 어떻게 가는지 아세요?
so*.ul.de*.hak.gyo.e/o*.do*.ke/ga.neun.ji/a.se.yo
您知道首爾大學怎麼去嗎？

혹시 지름길을 아세요?
hok.ssi/ji.reum.gi.reul/a.se.yo
請問您知道捷徑嗎？

이 가게가 어디에 있는지 아십니까?
i/ga.ge.ga/o*.di.e/in.neun.ji/a.sim.ni.ga
您知道這家店在哪裡嗎？

죄송하지만 저도 잘 모릅니다.
jwe.song.ha.ji.man/jo*.do/jal/mo.reum.ni.da
對不起，我也不太清楚。

【會話例句】在銀行

여기서 돈을 바꿀 수 있습니까?
yo*.gi.so*/do.neul/ba.gul/su/it.sseum.ni.ga
這裡可以換錢嗎？

오늘 환율은 얼마죠?
o.neul/hwa.nyu.reun/o*l.ma.jyo
今天匯率多少？

돈을 찾고 싶습니다.
do.neul/chat.go/sip.sseum.ni.da
我想領錢。

저는 대출을 받고 싶습니다.
jo*.neun/de*.chu.reul/bat.go/sip.sseum.ni.da
我想貸款。

비밀번호를 누르세요.
bi.mil.bo*n.ho.reul/nu.reu.se.yo
請按您的密碼。

비밀번호는 잊어버렸습니다.
bi.mil.bo*n.ho.neun/i.jo*.bo*.ryo*t.sseum.ni.da
我忘記密碼了。

현금카드를 신청하고 싶습니다.
hyo*n.geum.ka.deu.reul/ssin.cho*ng.ha.go/sip.sseum.ni.da
我想辦現金卡。

【會話例句】在郵局

Track 276

소포를 보내려면 어디로 가야 하나요?

so.po.reul/bo.ne*.ryo*.myo*n/o*.di.ro/ga.ya/ha.na.yo

請問寄包裹要去哪裡寄？

대만까지 항공편으로 소포를 보내려면 얼마예요?

de*.man.ga.ji/hang.gong.pyo*.neu.ro/so.po.reul/bo.ne*.ryo*.myo*n/o*l.ma.ye.yo

想用空運寄包裹到台灣的話要多少錢？

이 편지를 대만으로 부치는 데 얼마입니까?

i/pyo*n.ji.reul/de*.ma.neu.ro/bu.chi.neun/de/o*l.ma.im.ni.ga

寄這封信到台灣要多少錢？

이 엽서를 미국으로 부치고 싶은데요.

i/yo*p.sso*.reul/mi.gu.geu.ro/bu.chi.go/si.peun.de.yo

我想寄這張明信片到美國。

어떤 방법으로 보내 드릴까요?

o*.do*n/bang.bo*.beu.ro/bo.ne*/deu.ril.ga.yo

您要用什麼方式寄出？

배로 보내 주세요.

be*.ro/bo.ne*/ju.se.yo

請用船運寄出。

270원짜리 우표 10장 주세요.

i.be*k.chil.si.bwon.jja.ri/u.pyo/yo*l/jang/ju.se.yo

請給我270圓的郵票十張。

單字
萬用
小抄
一本
就 GO

시외에서

在郊區

CHAPTER 5

應用動詞1

Track 277

찍다 拍、蓋印章	【發音】찍따
jjik.da	【相關】촬영하다

基本變化

格式體敘述句　찍습니다.	
非格式體敘述句　찍어요.	
過去式　찍었어요.	未來式　찍을 거예요.
命令句　찍으세요.	勸誘句　찍읍시다.

例句

여기서 사진을 찍어도 돼요?
yo*.gi.so*/sa.ji.neul/jji.go*.do/dwe*.yo
我可以在這裡拍照嗎？

사진 좀 찍어 주세요.
sa.jin/jom/jji.go*/ju.se.yo
請幫我拍照。

어디서 찍은 사진이에요?
o*.di.so*/jji.geun/sa.ji.ni.e.yo
這是在哪裡拍的照片？

여기에 도장 좀 찍어 주세요.
yo*.gi.e/do.jang/jom/jji.go*/ju.se.yo
請在這裡蓋章。

여기서 촬영하시면 안 됩니다.
yo*.gi.so*/chwa.ryo*ng.ha.si.myo*n/an/dwem.ni.da
您不可以在這裡攝影。

묻다 問	【發音】묻따
mut.da	【類義】질문하다

格式體敘述句　묻습니다.	
非格式體敘述句　물어요.	
過去式　물었어요.	未來式　물을 거예요.
命令句　물으세요.	勸誘句　물읍시다.

例句

다시 한 번 묻겠습니다.
da.si/han/bo*n/mut.get.sseum.ni.da
我再問你一次。

다른 친구한테 물으세요.
da.reun/chin.gu.han.te/mu.reu.se.yo
請你問問其他朋友。

무엇이든 물어보세요.
mu.o*.si.deun/mu.ro*.bo.se.yo
請您儘管問。

어제 이미 선생님께 물었어요.
o*.je/i.mi/so*n.se*ng.nim.ge/mu.ro*.sso*.yo
我昨天已經問老師了。

몇 가지 물어봐도 될까요?
myo*t/ga.ji/mu.ro*.bwa.do/dwel.ga.yo
我可以問幾個問題嗎？

搭火車

Track 279

역 yo*k

車站 【漢字】驛

기차역 gi.cha.yo*k

火車站 【漢字】汽車驛

매표소 me*.pyo.so

售票處 【漢字】賣票所

매표원 me*.pyo.won

售票員 【漢字】賣票員

역무원 yo*ng.mu.won

站務員 【漢字】驛務員

승객 seung.ge*k

乘客 【漢字】乘客

차표 cha.pyo

車票 【漢字】車票

열차 yo*l.cha

列車 【漢字】列車

좌석 jwa.so*k

座位 【漢字】座席

철도 cho*l.do

鐵路 【漢字】鐵道

객차 ge*k.cha

客車 【漢字】客車

기관차 gi.gwan.cha

火車頭 【漢字】機關車

플랫폼 peul.le*t.pom

月台 【外來語】platform

승강장 seung.gang.jang

月台 【漢字】乘降場

서울행 열차 so*.ul.he*ng/yo*l.cha

開往首爾的列車 【漢字】--行列車

출발지 chul.bal.jji

出發地 【漢字】出發地

목적지 mok.jjo*k.jji

目的地 【漢字】目的地

개찰구 ge*.chal.gu

剪票口 【漢字】改札口

보관함 bo.gwan.ham

保管箱 【漢字】保管函

시간표 si.gan.pyo

時刻表 【漢字】時間表

발차 시간 bal.cha/si.gan

發車時間 【漢字】發車時間

도착 시간 do.chak/si.gan

到達時間 【漢字】到着時間

전철 jo*n.cho*l

電鐵 【漢字】電鐵

편도표 pyo*n.do.pyo

單程票 【漢字】片道票

왕복표 wang.bok.pyo

往返票 【漢字】往復票

첫차 cho*t.cha

首班車 【漢字】-車

막차 mak.cha

末班車 【漢字】-車

특급열차 teuk.geu.byo*l.cha

特快列車 【漢字】特急列車

보통열차 bo.tong.yo*l.cha

普通列車 【漢字】普通列車

급행열차 geu.pe*ng.yo*l.cha

普快列車 【漢字】急行列車

완행열차 wan.he*ng.yo*l.cha

緩慢列車 【漢字】緩行列車

在機場

공항 gong.hang

機場 【漢字】空港

공항버스 gong.hang/bo*.seu

機場巴士 【漢外】空港bus

비행기 bi.he*ng.gi

飛機 【漢字】飛行機

항공사 hang.gong.sa

航空公司 【漢字】航空社

대한항공 de*.han.hang.gong

大韓航空 【漢字】大韓航空

아시아나항공 a.si.a.na.hang.gong

韓亞航空 【外漢】Asiana航空

환승편 hwan.seung.pyo*n

轉乘航班 【漢字】換乘便

직행편 ji.ke*ng.pyo*n

直達航班 【漢字】直行便

국제선 guk.jje.so*n

國際航班 【漢字】國際線

국내선 gung.ne*.so*n

國內航班 【漢字】國內線

이코노믹 클래스 i.ko.no.mik/keul.le*.seu

經濟艙 【外來語】economic class

비즈니스 클래스 bi.jeu.ni.seu/keul.le*.seu

商務艙 【外來語】business class

퍼스트 클래스 po*.seu.teu/keul.le*.seu

頭等艙 【外來語】First Class

비행기표 bi.he*ng.gi.pyo

機票 【漢字】飛行機票

편도티켓 pyo*n.do.ti.ket

單程票 【漢外】片道ticket

왕복티켓 wang.bok.ti.ket

往返票 【漢外】往復ticket

탑승 수속 tap.sseung/su.sok

登機手續 【漢字】搭乘手續

탑승권 tap.sseung.gwon

登機牌 【漢字】搭乘券

탑승구 tap.sseung.gu

登機門 【漢字】搭乘口

공항 대합실 gong.hang/de*.hap.ssil

候機大廳 【漢字】空港待合室

좌석 번호 jwa.so*k/bo*n.ho

座位號碼 【漢字】座席番號

산소 마스크 san.so/ma.seu.keu

氧氣罩 【漢外】酸素mask

구명조끼 gu.myo*ng.jo.gi

救生衣 【漢字】救命--

구토봉투 gu.to.bong.tu

嘔吐袋 【漢字】嘔吐封套

시차 si.cha

時差 【漢字】時差

현지시간 hyo*n.ji.si.gan

當地時間 【漢字】現地時間

예약하다 ye.ya.ka.da

預定 【漢字】豫約--

취소하다 chwi.so.ha.da

取消 【漢字】取消--

변경하다 byo*n.gyo*ng.ha.da

變更 【漢字】變更--

연기하다 yo*n.gi.ha.da

延期 【漢字】延期--

확인하다 hwa.gin.ha.da

確認 【漢字】確認

재확인하다 je*.hwa.gin.ha.da

再次確認 【漢字】再確認--

이륙하다 i.ryu.ka.da

起飛 【漢字】離陸--

착륙하다 chang.nyu.ka.da

降落 【漢字】着陸--

출발 시간 chul.bal/ssi.gan

起飛時間 【漢字】出發時間

비행 시간 bi.he*ng/si.gan

飛行時間 【漢字】飛行時間

도착 시간 do.chak/si.gan

抵達時間 【漢字】到着時間

체류 기간 che.ryu/gi.gan

滯留時間 【漢字】滯留時間

출발 로비 chul.bal/ro.bi

出發大廳 【漢外】出發lobby

도착 로비 do.chak/ro.bi

抵達大廳 【漢外】到着lobby

조종사 jo.jong.sa

飛機駕駛員 【漢字】操縱士

스튜어디스 seu.tyu.o*.di.seu

空姐 【外來語】stewardess

기장 gi.jang

機長 【漢字】機長

창문 chang.mun

窗口 【漢字】窓門

통로 tong.no

走道 【漢字】通路

기내식 gi.ne*.sik

飛機餐 【漢字】機內食

선반 so*n.ban

折疊餐桌

여권 yo*.gwon

護照 【漢字】旅券

비자 bi.ja

簽證 【外來語】visa

국적 guk.jjo*k

國籍 【漢字】國籍

짐 jim

行李

슈트케이스 syu.teu.ke.i.seu

手提箱 【外來語】suitcase

수하물표 su.ha.mul.pyo

行李單 【漢字】手荷物票

수하물 벨트 su.ha.mul/bel.teu

行李輸送帶 【漢外】手荷物belt

분실하다 bun.sil.ha.da

遺失 【漢字】紛失--

세관원 se.gwa.nwon

海關人員 【漢字】稅關員

신고하다 sin.go.ha.da

申報 【漢字】申告--

검역 go*.myo*k

檢疫 【漢字】檢疫

환전소 hwan.jo*n.so

換錢所 【漢字】換錢所

면세품 myo*n.se.pum

免稅品 【漢字】免稅品

카트 ka.teu

手推車 【外來語】cart

안내소 an.ne*.so

詢問處 【漢字】案內所

搭輪船

바다 ba.da

海

등대 deung.de*

燈塔 【漢字】燈臺

부두 bu.du

碼頭 【漢字】埠頭

방파제 bang.pa.je

防波堤 【漢字】防波堤

항구 hang.gu

港口 【漢字】港口

배 be*

船

선박 so*n.bak

船 【漢字】船舶

선장 so*n.jang

船長 【漢字】船長

갑판 gap.pan

甲板 【漢字】甲板

나침반 na.chim.ban

指南針 【漢字】羅針盤

객선 ge*k.sso*n

客船 【漢字】客船

어선 o*.so*n

漁船 【漢字】漁船

화물선 hwa.mul.so*n

貨物船 【漢字】貨物船

페리 pe.ri

渡輪 【外來語】ferry

요트 yo.teu

遊艇 【外來語】yacht

돛단배 dot.dan.be*

帆船

유람선 yu.ram.so*n

遊輪 【漢字】遊覽船

쾌속정 kwe*.sok.jje*ng

快艇 【漢字】快速艇

입항하다 i.pang.ha.da

入港 【漢字】入港--

출항하다 chul.hang.ha.da

出港 【漢字】出港--

在遊樂園

유원지 yu.won.ji

遊樂園 【漢字】遊園地

놀이동산 no.ri.dong.san

遊樂園

테마파크 te.ma.pa.keu

主題樂園 【外來語】Thema-park

롯데월드 rot.de.wol.deu

樂天世界 【外來語】Lotte World

서울대공원 so*.ul.de*.gong.won

首爾大公園 【漢字】--大公園

에버랜드 e.bo*.re*n.deu

愛寶樂園 【外來語】Everland

개장시간 ge*.jang.si.gan

營業時間 【漢字】開場時間

폐장 시간 pye.jang/si.gan

閉館時間 【漢字】閉場時間

평일 pyo*ng.il

平日 【漢字】平日

야간 ya.gan

夜間 【漢字】夜間

입장권 ip.jjang.gwon

門票 【漢字】入場券

어른 o*.reun

大人

청소년 cho*ng.so.nyo*n

青少年 【漢字】青少年

어린이 o*.ri.ni

小孩

할인쿠폰 ha.rin.ku.pon

折價券 【漢外】割引coupon

자유이용권 ja.yu.i.yong.gwon

自由通行票 【漢字】自由利用券

레저시설 re.jo*.si.so*l

休閒設施 【外漢】leisure施設

놀이기구 no.ri.gi.gu

遊樂設施 【漢字】--機構

아이스링크 a.i.seu.ring.keu

滑冰場 【外來語】ice rink

회전목마 hwe.jo*n.mong.ma

旋轉木馬 【漢字】回轉木馬

롤러코스터 rol.lo*.ko.seu.to*

雲霄飛車 【外來語】roller coaster

범퍼카 bo*m.po*.ka

碰碰車 【外來語】bumper car

미로 mi.ro

迷宮 【漢字】迷路

모노레일 mo.no.re.il

單軌列車 【外來語】monorail

바이킹 ba.i.king

海盜船 【外來語】Viking

후룸 라이드 hu.rum/ra.i.deu

滑水道 【外來語】Flume Ride

자이언트 루프 ja.i.o*n.teu/ru.peu

風火輪 【外來語】GIANT LOOP

회전 바구니 hwe.jo*n/ba.gu.ni

旋轉咖啡杯 【漢字】回轉---

열기구 yo*l.gi.gu

熱氣球 【漢字】熱氣球

동화극장 dong.hwa.geuk.jjang

童話劇場 【漢字】童話劇場

토크쇼 to.keu.syo

脫口秀 【外來語】talk show

회전그네 hwe.jo*n.geu.ne

旋轉鞦韆 【漢字】回轉--

고스트 하우스 go.seu.teu/ha.u.seu

鬼屋 【外來語】Ghost House

자동차 경주 ja.dong.cha/gyo*ng.ju

賽車 【漢字】自動車競走

유람선 yu.ram.so*n

遊覽船 【漢字】遊覽船

관람차 gwal.lam.cha

摩天輪 【漢字】觀覽車

퍼레이드 po*.re.i.deu

遊行 【外來語】parade

유실물 센터 yu.sil.mul/sen.to*

遺失物招領處 【漢外】遺失物center

선물가게 so*n.mul.ga.ge

禮品店

게임장 ge.im.jang

遊戲場 【外漢】game場

특산물 teuk.ssan.mul

特產 【漢字】特產物

攝影拍照

사진 sa.jin

照片 【漢字】寫眞

앨범 e*l.bo*m

相冊 【外來語】album

카메라 ka.me.ra

相機 【外來語】camera

디지털 카메라 di.ji.to*l/ka.me.ra

數位相機 【外來語】digital camera

비디오 카메라 bi.di.o/ka.me.ra

攝影機 【外來語】video camera

자동 카메라 ja.dong/ka.me.ra

傻瓜相機 【漢外】自動camera

일회용 카메라 il.hwe.yong/ka.me.ra

拋棄式相機 【漢外】一回用camera

렌즈 ren.jeu

鏡頭 【外來語】lens

렌즈 뚜껑 ren.jeu/du.go*ng

鏡頭蓋 【外來語】lens--

셔터 syo*.to*

快門 【外來語】shutter

플래시 peul.le*.si

閃光燈 【外來語】flash

조리개 jo.ri.ge*

光圈

셀프타이머 sel.peu.ta.i.mo*

自拍器 【外來語】self-timer

삼각대 sam.gak.de*

三腳架 【漢字】三脚臺

광선 gwang.so*n

光線 【漢字】光線

초점 cho.jo*m

焦距 【漢字】焦點

화소 hwa.so

畫素 【漢字】畫素

노출 no.chul

曝光 【漢字】露出

역광 yo*k.gwang

逆光 【漢字】逆光

사진관 sa.jin.gwan

照相館 【漢字】寫眞館

필름 pil.leum

底片 【外來語】film

흑백 필름 heuk.be*k/pil.leum

黑白底片 【漢外】黑白film

컬러 필름 ko*l.lo*/pil.leum

彩色底片 【外來語】color film

戶外運動休閒

등산 deung.san

登山 【漢字】登山

스케이팅 seu.ke.i.ting

溜冰 【外來語】skating

스키 seu.ki

滑雪 【外來語】ski

조깅 jo.ging

慢跑 【外來語】jogging

승마 seung.ma

騎馬 【漢字】乘馬

양궁 yang.gung

射箭 【漢字】洋弓

사이클링 sa.i.keul.ling

騎自行車 【外來語】cycling

하이킹 ha.i.king

遠足 【外來語】hiking

등반하다 deung.ban.ha.da

攀登 【漢字】登攀--

테니스 te.ni.seu

網球 【外來語】tennis

골프 gol.peu

高爾夫球 【外來語】golf

배드민턴 be*.deu.min.to*n

羽毛球 【外來語】badminton

배구 be*.gu

排球 【漢字】排球

농구 nong.gu

籃球 【漢字】籠球

야구 ya.gu

棒球 【漢字】野球

축구 chuk.gu

足球 【漢字】蹴球

캠프 ke*m.peu

露營 【外來語】camp

바비큐 ba.bi.kyu

烤肉 【外來語】barbecue

불꽃놀이 bo*t.gon.no.ri

賞煙火

달맞이 dal.ma.ji

賞月

단풍놀이 dan.pung.no.ri

賞楓葉 【漢字】丹楓--

소풍 so.pung

郊遊 【漢字】逍風

피크닉 pi.keu.nik

野餐 【外來語】picnic

번지 점프 bo*n.ji/jo*m.peu

高空彈跳 【外來語】bungee jump

낙하산 na.ka.san

跳傘 【漢字】落下傘

다이빙 da.i.bing

跳水 【外來語】diving

잠수 jam.su

潛水 【漢字】潛水

낚시 nak.ssi

釣魚

해수욕 he*.su.yok

海水浴 【漢字】海水浴

물놀이 mul.lo.ri

玩水

파도타기 pa.do.ta.gi

沖浪 【漢字】波濤--

요트 yo.teu

快艇 【外來語】yacht

카누 ka.nu

獨木舟 【外來語】canoe

뱃놀이 be*n.no.ri

划船

제트 스키 je.teu seu.ki

水上摩托車 【外來語】jet ski

수상 스포츠 su.sang/seu.po.cheu

水上運動 【漢外】水上sports

윈드서핑 win.deu.so*.ping

風帆衝浪 【外來語】windsurfing

마라톤경주 ma.ra.ton.gyo*ng.ju

馬拉松賽跑 【外漢】marathon競走

육상 yuk.ssang

陸上運動 【漢字】陸上

멀리뛰기 mo*l.li.dwi.gi

跳遠

높이뛰기 no.pi.dwi.gi

跳高

달리기 경기 dal.li.gi/gyo*ng.gi

賽跑 【漢字】---競技

조정 경기 jo.jo*ng/gyo*ng.gi

賽艇 【漢字】漕艇競技

원반 던지기 won.ban/do*n.ji.gi

擲鐵餅 【漢字】圓盤---

포환 던지기 po.hwan/do*n.ji.gi

擲鉛球 【漢字】砲丸---

수영 su.yo*ng

游泳 【漢字】水泳

평영 pyo*ng.yo*ng

蛙式 【漢字】平泳

배영 be*.yo*ng

仰式 【漢字】背泳

자유형 ja.yu.hyo*ng

自由式 【漢字】自由型

접영 jo*.byo*ng

蝶式 【漢字】蝶泳

팽이를 돌리다 pe*ng.i.reul/dol.li.da

玩陀螺

연을 날리다 yo*.neul/nal.li.da

放風箏 【漢字】鳶----

철봉을 하다 cho*l.bong/eul.ha.da

玩單槓 【漢字】鐵棒---

원반을 던지다 won.ba.neul/do*n.ji.da

丟飛盤 【漢字】圓盤----

줄넘기하다 jul.lo*m.gi.ha.da

跳繩

숨바꼭질 sum.ba.gok.jjil

躲貓貓

눈싸움하다 nun.ssa.um.ha.da

打雪戰

줄다리기 jul.da.ri.gi

拔河

미끄럼틀 mi.geu.ro*m.teul

溜滑梯

在植物園

식물 sing.mul

植物 【漢字】植物

식물원 sing.mu.rwon

植物園 【漢字】植物園

나무 na.mu

樹木

잔디 jan.di

草皮

꽃 got

花

풀 pul

草

잎 ip

葉子

꽃잎 gon.nip

花瓣

수술 su.sul

雄蕊

암술 am.sul

雌蕊

꽃받침 got.bat.chim

花萼

뿌리 bu.ri

根

싹 ssak

芽

열매 yo*l.me*

果實

씨 ssi

種子

줄기 jul.gi

樹幹

가지 ga.ji

樹枝

꽃봉오리 got.bong.o.ri

花苞

화분 hwa.bun

花盆 【漢字】花盆

화단 hwa.dan

花壇 【漢字】花壇

삽 sap

鏟子

비료 bi.ryo

肥料 【漢字】肥料

온실 on.sil

溫室 【漢字】溫室

다년생 식물 da.nyo*n.se*ng/sing.mul

多年生植物 【漢字】多年生植物

일년생 식물 il.lyo*n.se*ng/sing.mul

一年生植物 【漢字】一年生植物

해바라기 he*.ba.ra.gi

向日葵

개나리 ge*.na.ri

迎春花

국화 gu.kwa

菊花 【漢字】菊花

매화 me*.hwa

梅花 【漢字】梅花

모란 mo.ran

牡丹 【漢字】牡丹

난초 nan.cho

蘭草 【漢字】蘭草

진달래 jin.dal.le*

杜鵑花

카네이션 ka.ne.i.syo*n

康乃馨 【外來語】carnation

벚꽃 bo*t.got

櫻花

튤립 tyul.lip

郁金香 【外來語】tulip

민들레 min.deul.le

蒲公英

무궁화 mu.gung.hwa

木槿花 【漢字】無窮花

안개꽃 an.ge*.got

滿天星

양귀비 yang.gwi.bi

罌粟 【漢字】楊貴妃

연꽃 yo*n.got

荷花 【漢字】蓮-

아카시아 a.ka.si.a

洋槐 【外來語】acacia

장미 jang.mi

玫瑰 【漢字】薔薇

제비꽃 je.bi.got

紫羅蘭

선인장 so*.nin.jang

仙人掌 【漢字】仙人掌

백합 be*.kap

百合 【漢字】百合

개살구 ge*.sal.gu

野杏

수련 su.ryo*n

睡蓮 【漢字】睡蓮

나팔꽃 na.pal.got

喇叭花 【漢字】喇叭-

알로에 al.lo.e

蘆薈 【外來語】aloe

재스민 je*.seu.min

茉莉花 【外來語】jasmine

대나무 de*.na.mu

竹子

산수유나무 san.su.yu.na.mu

山茱萸樹 【漢字】山茱萸--

살구나무 sal.gu.na.mu

杏樹

벚나무 bo*n.na.mu

櫻花樹

은행나무 eun.he*ng.na.mu

銀杏樹 【漢字】銀杏--

버드나무 bo*.deu.na.mu

柳樹

포플러 po.peul.lo*

白楊樹 【外來語】poplar

소나무 so.na.mu

松樹

사철나무 sa.cho*l.la.mu

冬青木 【漢字】四---

백송 be*k.ssong

白松 【漢字】白松

귤나무 gyul.la.mu

柑樹 【漢字】橘--

대추나무 de*.chu.na.mu

紅棗樹

매화나무 me*.hwa.na.mu

梅花樹 【漢字】梅花--

침엽수 chi.myo*p.ssu

針葉樹 【漢字】針葉樹

활엽수 hwa.ryo*p.ssu

闊葉樹 【漢字】闊葉樹

박달나무 bak.dal.la.mu

檀木

포도나무 po.do.na.mu

葡萄樹 【漢字】葡萄--

소철 so.cho*l

蘇鐵 【漢字】蘇鐵

수목 su.mok

樹木 【漢字】樹木

자두나무 ja.du.na.mu

李子樹

在動物園

Track 305

동물 dong.mul

動物 【漢字】動物

동물원 dong.mu.rwon

動物園 【漢字】動物園

포유류 po.yu.ryu

哺乳類 【漢字】哺乳類

조류 jo.ryu

鳥類 【漢字】鳥類

파충류 pa.chung.nyu

爬蟲類 【漢字】爬蟲類

양서류 yang.so*.ryu

兩棲類 【漢字】兩棲類

어류 o*.ryu

魚類 【漢字】魚類

털 to*l

毛

뿔 bul

角

엄니 o*m.ni

牙

개 ge*

狗

강아지 gang.a.ji

小狗

기린 gi.rin

長頸鹿 【漢字】麒麟

노새 no.se*

騾

늑대 neuk.de*

狼

거북 go*.buk

烏龜

고양이 go.yang.i

貓

곰 gom

熊

다람쥐 da.ram.jwi

松鼠

망아지 mang.a.ji

馬駒

뱀 be*m

蛇

사자 sa.ja

獅子 【漢字】獅子

당나귀 dang.na.gwi

驢子 【漢字】唐--

송아지 song.a.ji

小牛

애완 동물 e*.wan/dong.mul

寵物 【漢字】愛玩動物

양 yang

羊 【漢字】羊

소 so

牛

여우 yo*.u

狐狸

코끼리 ko.gi.ri

大象

말 mal

馬

토끼 to.gi

兔子

원숭이 won.sung.i

猴子

자라 ja.ra

鱉

쥐 jwi

老鼠

하마 ha.ma

河馬 【漢字】河馬

염소 yo*m.so

山羊

판다 pan.da

熊貓 【外來語】panda

캥거루 ke*ng.go*.ru

袋鼠 【外來語】kangaroo

고슴도치 go.seum.do.chi

刺蝟

개미핥기 ge*.mi.hal.gi

食蟻獸

스컹크 seu.ko*ng.keu

臭鼬 【外來語】skunk

살쾡이 sal.kwe*ng.i

狸貓

호랑이 ho.rang.i

老虎 【漢字】虎狼-

코알라 ko.al.la

無尾熊 【外來語】koala

코뿔소 ko.bul.so

犀牛

치타 chi.ta

獵豹 【外來語】cheetah

족제비 jok.jje.bi

黃鼠狼

오랑우탄 o.rang.u.tan

猩猩 【外來語】orangutan

산달 san.dal

山獺 【漢字】山獺

사슴 sa.seum

鹿

멧돼지 met.dwe*.ji

野豬

돼지 dwe*.ji

豬

낙타 nak.ta

駱駝 【漢字】駱駝

고릴라 go.ril.la

大猩猩 【外來語】gorilla

망토비비 mang.to.bi.bi

狒狒 【外漢】manteau狒狒

박쥐 bak.jjwi

蝙蝠

오리너구리 o.ri.no*.gu.ri

鴨嘴獸

앵무새 e*ng.mu.se*

鸚鵡 【漢字】鸚鵡-

원앙 wo.nang

鴛鴦 【漢字】鴛鴦

철새 cho*l.se*

候鳥

참새 cham.se*

麻雀

학 hak

鶴鶴

종다리 jong.da.ri

雲雀

오리 o.ri

鴨

까마귀 ga.ma.gwi

烏鴉

제비 je.bi

燕子

새 se*

鳥

까치 ga.chi

喜鵲

독수리 dok.ssu.ri

老鷹 【漢字】禿--

닭 dak

雞

병아리 byo*ng.a.ri

小雞

꿩 gwong

山雞

거위 go*.wi

鵝

고니 go.ni

天鵝

공작 gong.jak

孔雀 【漢字】孔雀

기러기 gi.ro*.gi

雁

딱따구리 dak.da.gu.ri

啄木鳥

매 me*

鷹

메추리 me.chu.ri

鵪鶉

비둘기 bi.dul.gi

鴿子

부엉이 bu.o*ng.i

貓頭鷹

백로 be*ng.no

白鷺鷥 【漢字】白鷺

갈매기 gal.me*.gi

海鷗

악어 a.go*

鱷魚 【漢字】鰐魚

在水族館

Track 312

수족관 su.jok.gwan

水族館 【漢字】水族館

담수어 dam.su.o*

淡水魚 【漢字】淡水魚

심해어 sim.he*.o*

深海魚 【漢字】深海魚

해수어 he*.su.o*

海水魚 【漢字】海水魚

열대어 yo*l.de*.o*

熱帶魚 【漢字】熱帶魚

지느러미 ji.neu.ro*.mi

魚鰭

비늘 bi.neul

魚鱗

아가미 a.ga.mi

魚鰓

고래 go.re*

鯨魚

상어 sang.o*

鯊魚

돌고래 dol.go.re*

海豚

범고래 bo*m.go.re*

殺人鯨

금붕어　geum.bung.o*

金魚　【漢字】金--

해마　he*.ma

海馬　【漢字】海馬

펭귄　peng.gwin

企鵝　【外來語】penguin

바다사자　ba.da.sa.ja

海獅　【漢字】--獅子

해달　he*.dal

海賴　【漢字】海獺

바다표범　ba.da.pyo.bo*m

海豹　【漢字】--豹-

물개　mul.ge*

海狗

집게　jip.ge

寄居蟹

말미잘　mal.mi.jjal

海葵

불가사리　bul.ga.sa.ri

海星

해파리　he*.pa.ri

水母

산호　san.ho

珊瑚　【漢字】珊瑚

行進方向

Track 314

방향 bang.hyang

方向 【漢字】方向

근처 geun.cho*

附近 【漢字】近處

위치 wi.chi

位置 【漢字】位置

부근 bu.geun

附近 【漢字】附近

이리 i.ri

這邊

저리 jo*.ri

那邊

여기 yo*.gi

這裡

거기 go*.gi

那裡(近稱)

저기 jo*.gi

那裡(遠稱)

이쪽 i.jjok

這邊

그쪽 geu.jjok

那邊

저쪽 jo*.jjok

那邊

중간 jung.gan

中間

앞 ap

前

뒤 dwi

後

옆 yo*p

旁邊

위 wi

上

아래 a.re*

下

왼쪽 wen.jjok

左

오른쪽 o.reun.jjok

右

안 an

內

밖 bak

外

북 buk

北 【漢字】北

남 nam

南 【漢字】南

동 dong

東 【漢字】東

서 so*

西 【漢字】西

건너편 go*n.no*.pyo*n

對面 【漢字】--便

맞은편 ma.jeun.pyo*n

對面 【漢字】--便

各種地形

지리 ji.ri

地理 【漢字】地理

해발 he*.bal

海拔 【漢字】海拔

위도 wi.do

緯度 【漢字】緯度

경도 gyo*ng.do

經度 【漢字】經度

육지 yuk.jji

路地 【漢字】陸地

평야 pyo*ng.ya

平原 【漢字】平野

분지 bun.ji

盆地 【漢字】盆地

들 deul

野原

사막 sa.mak

沙漠 【漢字】沙漠

밭 bat

田地

산 san

山 【漢字】山

언덕 o*n.do*k

丘陵

고원 go.won

高原 【漢字】高原

숲 sup

森林

협곡 hyo*p.gok

峽谷 【漢字】峽谷

골짜기 gol.jja.gi

山谷

종유동 jong.yu.dong

鐘乳洞 【漢字】鍾乳洞

화산 hwa.san

火山 【漢字】火山

화산대 hwa.san.de*

火山帶 【漢字】火山帶

온천 on.cho*n

溫泉 【漢字】溫泉

해양 he*.yang

海洋 【漢字】海洋

해류 he*.ryu

海流 【漢字】海流

해저 he*.jo*

海底 【漢字】海底

해협 he*.hyo*p

海峽 【漢字】海峽

해안 he*.an

海岸 【漢字】海岸

연안 yo*.nan

沿岸 【漢字】沿岸

호수ho.su

湖 【漢字】湖水

늪 neup

沼澤

습원 seu.bwon

沼澤 【漢字】濕原

하천 ha.cho*n

河川 【漢字】河川

사주 sa.ju

沙洲 【漢字】砂洲

삼각주　sam.gak.jju

三角洲　【漢字】三角洲

모래사장　mo.re*.sa.jang

沙灘　【漢字】--沙場

섬　so*m

島

반도　ban.do

半島　【漢字】半島

旅遊

안내소　an.ne*.so

詢問處　【漢字】案內所

전국지도　jo*n.guk.jji.do

全國地圖　【漢字】全國地圖

해외 여행　he*.we/yo*.he*ng

海外旅行　【漢字】海外旅行

국내 여행　gung.ne*/yo*.he*ng

國內旅遊　【漢字】國內旅行

외국　we.guk

外國　【漢字】外國

나라　na.ra

國家

여행하다　yo*.he*ng.ha.da

旅行　【漢字】旅行--

관광하다 gwan.gwang.ha.da

觀光 【漢字】觀光--

유람하다 yu.ram.ha.da

遊覽 【漢字】遊覽--

휴가 hyu.ga

休假 【漢字】休暇

여정 yo*.jo*ng

旅程 【漢字】旅程

여름 방학 yo*.reum/bang.hak

暑假 【漢字】--放學

겨울 방학 gyo*.ul/bang.hak

寒假 【漢字】--放學

여행사 yo*.he*ng.sa

旅行社 【漢字】旅行社

여행객 yo*.he*ng.ge*k

旅客 【漢字】旅行客

여행 일정 yo*.he*ng/il.jo*ng

旅遊行程 【漢字】旅行日程

반일 투어 ba.nil/tu.o*

半日遊 【漢外】半日Tour

일일 투어 i.ril/tu.o*

一日遊 【漢外】一日Tour

관광 안내원 gwan.gwang/an.ne*.won

觀光導遊 【漢字】觀光案內員

출발 시간 chul.bal/ssi.gan

出發時間 【漢字】出發時間

집합 시간 ji.pap/si.gan

集合時間 【漢字】集合時間

소책자 so.che*k.jja

小冊子 【漢字】小冊子

가이드북 ga.i.deu.buk

旅行指南 【外來語】guidebook

觀光景點

시내 si.ne*

市區 【漢字】市內

교외 gyo.we

郊區 【漢字】郊外

관광지 gwan.gwang.ji

觀光勝地 【漢字】觀光地

리조트 ri.jo.teu

度假勝地 【外來語】resort

명승지 myo*ng.seung.ji

景點 【漢字】名勝地

고적 go.jo*k

古蹟 【漢字】古蹟

유적 yu.jo*k

遺跡 【漢字】遺跡

국립공원 gung.nip.gong.won

國立公園 【漢字】國立公園

문화 유산 mun.hwa/yu.san

文化遺產 【漢字】文化遺産

세계 유산 se.gye/yu.san

世界遺產 【漢字】世界遺産

풍경 pung.gyo*ng

風景 【漢字】風景

경치 gyo*ng.chi

景色 【漢字】景致

韓國地方

서울특별시 so*.ul.teuk.byo*l.si

首爾特別市

강원도 gang.won.do

江原道

경기도 gyo*ng.gi.do

京畿道

강릉 gang.neung

江陵

수원 su.won

水原

원주 won.ju

原州

인천광역시 in.cho*n.gwang.yo*k.ssi

仁川廣域市

충청북도 chung.cho*ng.buk.do

忠清北道

충청남도 chung.cho*ng.nam.do

忠清南道

경상북도 gyo*ng.sang.buk.do

慶尚北道

경상남도 gyo*ng.sang.nam.do

慶尚南道

군산 gun.san

群山

전주 jo*n.ju

全州

진해 jin.he*

鎮海

대전광역시 de*.jo*n.gwang.yo*k.ssi

大田廣域市

대구광역시 de*.gu.gwang.yo*k.ssi

大邱廣域市

전라북도 jo*l.la.buk.do

全羅北道

전라남도 jo*l.la.nam.do

全羅南道

목포 mok.po

木浦

울산광역시 ul.san.gwang.yo*k.ssi

蔚山廣域市

광주광역시 gwang.ju.gwang.yo*k.ssi

光州廣域市

부산광역시 bu.san.gwang.yo*k.ssi

釜山廣域市

제주도 je.ju.do

濟州道

韓國觀光區

설악산 so*.rak.ssan

雪嶽山

판문점 pan.mun.jo*m

板門店

수원화성 su.won.hwa.so*ng

水原華城

해인사 he*.in.sa

海印寺

석굴암 so*k.gu.ram

石窟庵

불국사 bul.guk.ssa

佛國寺

한라산 hal.la.san

漢拏山

금강산 geum.gang.san

金剛山

백두산 be*k.du.san

白頭山

해운대 해수욕장 he*.un.de*/he*.su.yok.jjang

海雲臺海水浴場

용두산공원 yong.du.san.gong.won

龍頭山公園

【會話例句】道歉、道謝

Track 326

죄송합니다.

jwe.song.ham.ni.da

對不起。

미안합니다.

mi.an.ham.ni.da

對不起。

앞으로 꼭 주의하겠습니다.

a.peu.ro/gok/ju.ui.ha.get.sseum.ni.da

我以後一定會注意。

감사합니다.

gam.sa.ham.ni.da

謝謝你。

고맙습니다.

go.map.sseum.ni.da

謝謝。

알려줘서 고마워요.

al.lyo*.jwo.so*/go.ma.wo.yo

謝謝你告訴我。

이렇게 도와줘서 감사합니다.

i.ro*.ke/do.wa.jwo.so*/gam.sa.ham.ni.da

謝謝你這樣幫我。

【會話例句】邀請一同出遊

함께 전시회에 보러 갑시다.
ham.gye/jo*n.si.hwe.e/bo.ro*/gap.ssi.da
一起去看展覽吧！

퇴근 후에 같이 노래방에 갈까요?
twe.geun/hu.e/ga.chi/no.re*.bang.e/gal.ga.yo
下班後，要不要一起去練歌房？

같이 공연을 보러 갈래요?
ga.chi/gong.yo*.neul/bo.ro*/gal.le*.yo
要一起去看表演嗎？

불꽃놀이 보러 갑시다.
bul.gon.no.ri/bo.ro*/gap.ssi.da
我們去看煙火吧。

내일 계획이 있어요?
ne*.il/gye.hwe.gi/i.sso*.yo
你明天有什麼計畫？

내일 별일 없으면 영화 보러 갈래요?
ne*.il/byo*.ril/o*p.sseu.myo*n/yo*ng.hwa/bo.ro*/gal.le*.yo
如果明天沒什麼事要不要去看電影？

이번 주말에 놀이동산에 놀러 가요.
i.bo*n/ju.ma.re/no.ri.dong.sa.ne/nol.lo*/ga.yo
這個週末我們去遊樂園玩吧。

기타
其他

CHAPTER 6

應用動詞1

Track 328

좋아하다 喜歡	【發音】조아하다
jo.a.ha.da	【反義】싫어하다

格式體敘述句	좋아합니다.		
非格式體敘述句	좋아해요.		
過去式	좋아했어요.	未來式	좋아할 거예요.
命令句	좋아하세요.	勸誘句	좋아합시다.

例句

뭘 좋아해요?

mwol/jo.a.he*.yo

你喜歡什麼？

한국 요리를 좋아합니다.

han.guk/yo.ri.reul/jjo.a.ham.ni.da

我喜歡韓國菜。

혹시 이런 걸 좋아하세요?

hok.ssi/i.ro*n/go*l/jo.a.ha.se.yo

你喜歡這種嗎？

언제부터 좋아했어요?

o*n.je.bu.to*/jo.a.he*.sso*.yo

你是從什麼時候開始喜歡的？

그 친구를 너무 싫어해요.

geu/chin.gu.reul/no*.mu/si.ro*.he*.yo

很討厭那位朋友。

Track 329

알다 知道、認識	【反義】모르다
al.da	

格式體敘述句	압니다.		
非格式體敘述句	알아요.		
過去式	알았어요.	未來式	알 거예요.
命令句	아세요.	勸誘句	압시다.

그 사람을 알아요?

geu/sa.ra.meul/a.ra.yo

你認識那個人嗎？

네, 알겠습니다.

ne//al.get.sseum.ni.da

好的，我明白。

법에 대해서 아십니까?

bo*.be/de*.he*.so*/a.sim.ni.ga

您了解法律嗎？

그 친구 전화번호를 몰라요.

geu/chin.gu/jo*n.hwa.bo*n.ho.reul/mol.la.yo

我不知道那朋友的電話號碼。

저도 잘 모르겠네요.

jo*.do/jal/mo.reu.gen.ne.yo

我也不太清楚。

國家

Track 330

대만 de*.man

台灣 【漢字】臺灣

중국 jung.guk

中國 【漢字】中國

일본 il.bon

日本 【漢字】日本

한국 han.guk

韓國 【漢字】韓國

미국 mi.guk

美國 【漢字】美國

캐나다 ke*.na.da

加拿大 【外來語】Canada

영국 yo*ng.guk

英國 【漢字】英國

프랑스 peu.rang.seu

法國 【外來語】France

독일 do.gil

德國 【漢字】獨逸

러시아 ro*.si.a

俄羅斯 【外來語】Russia

싱가포르 sing.ga.po.reu

新加坡 【外來語】Singapore

말레이시아 mal.le.i.si.a

馬來西亞 【外來語】Malaysia

모로코 mo.ro.ko

摩洛哥 【外來語】Morocco

스위스 seu.wi.seu

瑞士 【外來語】Suisse

스웨덴 seu.we.den

瑞典 【外來語】Sweden

포르투갈 po.reu.tu.gal

葡萄牙 【外來語】Portugal

스페인 seu.pe.in

西班牙 【外來語】Spain

이탈리아 i.tal.li.a

義大利 【外來語】Italia

아르헨티나 a.reu.hen.ti.na

阿根廷 【外來語】Argentina

오스트리아 o.seu.teu.ri.a

奧地利 【外來語】Austria

이집트 i.jip.teu

埃及 【外來語】Egypt

칠레 chil.le

智利 【外來語】Chile

호주 ho.ju

澳大利亞 【漢字】濠洲

멕시코 mek.ssi.ko

墨西哥 【外來語】Mexico

아프리카 a.peu.ri.ka

非洲 【外來語】Africa

남아프리카 na.ma.peu.ri.ka

南非 【漢外】南Africa

네덜란드 ne.do*l.lan.deu

荷蘭 【外來語】Netherlands

덴마크 den.ma.keu

丹麥 【外來語】Denmark

뉴질랜드 nyu.jil.le*n.deu

紐西蘭 【外來語】New Zealand

태국 te*.guk

泰國 【漢字】泰國

필리핀 pil.li.pin

菲律賓 【外來語】Philippines

미얀마 mi.yan.ma

緬甸 【外來語】Myanmar

인도 in.do

印度 【漢字】印度

베트남 be.teu.nam

越南 【外來語】Vietnam

브라질 beu.ra.jil

巴西 【外來語】Brazil

이라크 i.ra.keu

伊拉克 【外來語】Iraq

信仰

Track 333

종교　jong.gyo

宗教　【漢字】宗教

신앙　si.nang

信仰　【漢字】信仰

일신교　il.sin.gyo

一神教　【漢字】一神

다신교　da.sin.gyo

多神教　【漢字】多神教

불교　bul.gyo

佛教　【漢字】佛教

기독교　gi.dok.gyo

基督教　【漢字】基督教

천주교　cho*n.ju.gyo

天主教　【漢字】天主教

도교　do.gyo

道教　【漢字】道教

라마교　ra.ma.gyo

喇嘛教　【外漢】lama教

회교　hwe.gyo

回教　【漢字】回教

이슬람교　i.seul.lam.gyo

伊斯蘭教　【外漢】Islam教

유교　yu.gyo

儒教　【漢字】儒教

밀교 mil.gyo

密教 【漢字】密教

힌두교 hin.du.gyo

印度教 【外漢】Hindu教

신 sin

神 【漢字】神

하느님 ha.neu.nim

上帝

신도 sin.do

信徒 【漢字】信徒

신자 sin.ja

信徒 【漢字】信者

주지 ju.ji

住持 【漢字】住持

비구 bi.gu

比丘 【漢字】比丘

스님 seu.nim

和尚

여승 yo*.seung

尼姑 【漢字】女僧

참회 cham.hwe

懺悔 【漢字】懺悔

영혼 yo*ng.hon

靈魂 【漢字】靈魂

불경 bul.gyo*ng

佛經 【漢字】佛經

신부 sin.bu

神父 【漢字】神父

수녀 su.nyo*

修女 【漢字】修女

교주 gyo.ju

教主 【漢字】教主

세례 se.rye

受洗 【漢字】洗禮

성경 so*ng.gyo*ng

聖經 【漢字】聖經

기도 gi.do

祈禱 【漢字】祈禱

미사 mi.sa

彌撒 【外來語】missa

예배 ye.be*

禮拜 【漢字】禮拜

십자가 sip.jja.ga

十字架 【漢字】十字架

찬송가 chan.song.ga

聖歌 【漢字】讚頌歌

천국 cho*n.guk

天國 【漢字】天國

지옥 ji.ok

地獄 【漢字】地獄

코란 ko.ran

可蘭經 【外來語】Koran

星座

물병자리 mul.byo*ng.ja.ri

水瓶座 【漢字】-甁--

물고기자리 mul.go.gi.ja.ri

雙魚座

양자리 yang.ja.ri

牡羊座 【漢字】羊--

황소자리 hwang.so.ja.ri

金牛座

쌍둥이자리 ssang.dung.i.ja.ri

雙子座 【漢字】雙----

게자리 ge.ja.ri

巨蟹座

사자자리 sa.ja.ja.ri

獅子座 【漢字】獅子--

처녀자리 cho*.nyo*.ja.ri

處女座 【漢字】處女--

천칭자리 cho*n.ching.ja.ri

天秤座 【漢字】天秤--

전갈자리 jo*n.gal.jja.ri

天蠍座 【漢字】全蠍--

사수자리 sa.su.ja.ri

射手座 【漢字】射手--

염소자리 yo*m.so.ja.ri

魔羯座

12生肖

열두 띠 yo*l.du/di

12生肖

쥐띠 jwi.di

屬鼠

소띠 so.di

屬牛

범띠 bo*m.di

屬虎

토끼띠 to.gi.di

屬兔

용띠 yong.di

屬龍 【漢字】龍-

뱀띠 be*m.di

屬蛇

말띠 mal.di

屬馬

양띠 yang.di

屬羊 【漢字】羊-

원숭이띠 won.sung.i.di

屬猴

닭띠 dak.di

屬雞

개띠 ge*.di

屬狗

돼지띠 dwe*.ji.di

屬豬

宇宙

우주 u.ju

宇宙 【漢字】宇宙

지구 ji.gu

地球 【漢字】地球

달 dal

月球

태양 te*.yang

太陽 【漢字】太陽

은하수 eun.ha.su

銀河 【漢字】銀河水

행성 he*ng.so*ng

行星 【漢字】行星

별 byo*l

星星

유성 yu.so*ng

流星 【漢字】流星

혜성 hye.so*ng

彗星 【漢字】彗星

금성 geum.so*ng

金星 【漢字】金星

명왕성 myo*ng.wang.so*ng

冥王星 【漢字】冥王星

천왕성 cho*.nwang.so*ng

天王星 【漢字】天王星

해왕성 he*.wang.so*ng

海王星 【漢字】海王星

토성 to.so*ng

土星 【漢字】土星

목성 mok.sso*ng

木星 【漢字】木星

화성 hwa.so*ng

火星 【漢字】火星

보름달 bo.reum.dal

滿月

북극성 buk.geuk.sso*ng

北極星 【漢字】北極星

북두칠성 buk.du.chil.so*ng

北斗七星 【漢字】北斗七星

일식 il.sik

日蝕 【漢字】日食

월식 wol.sik

月蝕 【漢字】月蝕

블랙홀 beul.le*.kol

黑洞 【外來語】black hole

외계인 we.gye.in

外星人 【漢字】外界人

천문대 cho*n.mun.de*

天文台 【漢字】天文臺

위성 wi.so*ng

衛星 【漢字】衛星

우주선 u.ju.so*n

太空船 【漢字】宇宙船

로켓 ro.ket

火箭 【外來語】rocket

自然現象、災害

서리 so*.ri

霜

밀물 mil.mul

漲潮

무지개 mu.ji.ge*

彩虹

이슬 i.seul

露水

우박 u.bak

冰雹 【漢字】雨雹

안개 an.ge*

霧

노을 no.eul

晚霞

석양 so*.gyang

夕陽 【漢字】夕陽

밀물 mil.mul

滿潮

썰물 sso*l.mul

退潮

천둥 cho*n.dung

雷

번개 bo*n.ge*

閃電

백야 be*.gya

白夜 【漢字】白夜

아지랑이 a.ji.rang.i

海市蜃樓

태풍 te*.pung

颱風 【漢字】颱風

폭우 po.gu

暴雨 【漢字】暴雨

폭설 pok.sso*l

暴雪 【漢字】暴雪

홍수 hong.su

洪水 【漢字】洪水

황사 hwang.sa

沙塵暴 【漢字】黃沙

한파 han.pa

寒流 【漢字】寒波

눈사태 nun.sa.te*

雪崩 【漢字】-沙汰

가뭄 ga.mum

旱災

지진 ji.jin

地震 【漢字】地震

토석류 to.so*ng.nyu

土石流 【漢字】土石流

산사태 san.sa.te*

山崩 【漢字】山沙汰

범람 bo*m.nam

氾濫 【漢字】氾濫

해소 he*.so

海潮 【漢字】海嘯

해일 he*.il

海嘯 【漢字】海溢

화산 폭발 hwa.san/pok.bal

火山爆發 【漢字】火山爆發

자연현상 ja.yo*n.hyo*n.sang

自然現象 【漢字】自然現象

자연재해 ja.yo*n.je*.he*

自然災害 【漢字】自然災害

韓國歷史

역사 yo*k.ssa

歷史 【漢字】歷史

고대 go.de*

古代 【漢字】古代

근대 geun.de*

近代 【漢字】近代

문명 mun.myo*ng

文明 【漢字】文明

고조선 go.jo.so*n

古朝鮮

삼국시대 sam.guk.si.de*

三國時代

고려시대 go.ryo*.si.de*

高麗時代

조선왕조 jo.so*.nwang.jo

朝鮮王朝

고구려 go.gu.ryo*

高句麗

백제 be*k.jje

百濟

신라 sil.la

新羅

발해 bal.he*

渤海

고려 bal.he*

高麗

조선 jo.so*n

朝鮮

일제시대 il.je.si.de*

日帝時代

양반 yang.ban

貴族 【漢字】兩班

훈민정음 hun.min.jo*ng.eum

訓民正音 【漢字】訓民正音

세종대왕 se.jong.de*.wa

世宗大王

단군 dan.gun

壇君

주몽 ju.mong

朱蒙

선덕여왕 so*n.do*.gyo*.wang

善德女王

황진이 hwang.ji.ni

黃真伊

이순신 i.sun.sin

李舜臣

허준 ho*.jun

許浚

명성황후 myo*ng.so*ng.hwang.hu

明成皇后

장희빈 jang.hi.bin

張禧嬪

인현왕후 in.hyo*.nwang.hu

仁顯王后

國家圖書館出版品預行編目資料

韓語單字萬用小抄一本就GO / 雅典韓研所企編
-- 初版. -- 新北市 : 雅典文化, 民102.10
面 ; 公分. -- (生活韓語 ; 3)
ISBN 978-986-6282-98-0(平裝附光碟片)
1.韓語 2.詞彙
803.22 102018708

生活韓語系列 03

韓語單字萬用小抄一本就GO

編著／雅典韓研所
責編／呂欣穎
美術編輯／林于婷
封面設計／蕭若辰

法律顧問：方圓法律事務所／涂成樞律師

總經銷：永續圖書有限公司
永續圖書線上購物網
www.foreverbooks.com.tw

CVS代理／美璟文化有限公司
TEL：(02) 2723-9968
FAX：(02) 2723-9668

出版日／2013年10月

雅典文化

出版社
22103 新北市汐止區大同路三段194號9樓之1
TEL (02) 8647-3663
FAX (02) 8647-3660

生活韓語 3

韓語單字萬用小抄一本就GO

雅致風靡　典藏文化

親愛的顧客您好，感謝您購買這本書。即日起，填寫讀者回函卡寄回至本公司，我們每月將抽出一百名回函讀者，寄出精美禮物並享有生日當月購書優惠！想知道更多更即時的消息，歡迎加入“永續圖書粉絲團”

您也可以選擇傳真、掃描或用本公司準備的免郵回函寄回，謝謝。

傳真電話：（02）8647-3660　　電子信箱：yungjiuh@ms45.hinet.net

姓名：　　性別：□男　□女

出生日期：　年　月　日　電話：

學歷：　　職業：

E-mail：

地址：□□□

從何處購買此書：　　購買金額：　元

購買本書動機：□封面 □書名 □排版 □內容 □作者 □偶然衝動

你對本書的意見：

內容：□滿意□尚可□待改進　編輯：□滿意□尚可□待改進

封面：□滿意□尚可□待改進　定價：□滿意□尚可□待改進

其他建議：

您可以使用以下方式將回函寄回。

您的回覆，是我們進步的最大動力，謝謝。

① 使用本公司準備的免郵回函寄回。

② 傳真電話：（02）8647-3660

③ 掃描圖檔寄到電子信箱：

yungjiuh@ms45.hinet.net

沿此線對折後寄回，謝謝。

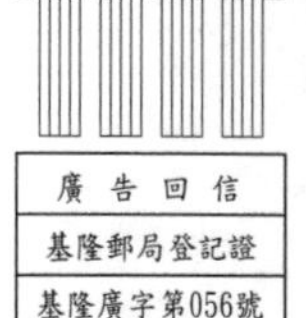

2 2 1-0 3

雅典文化事業有限公司　收

新北市汐止區大同路三段194號9樓之1

雅致風靡　典藏文化

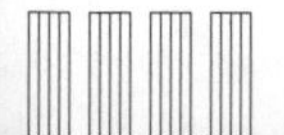